KB272374

오르페우스에게 바치는 소네트

오르페우스에게 바치는 소네트

오르페우스에게 바치는 소네트

라이너 마리아 릴케

김재혁 옮김

DIE SONETTE
AN ORPHEUS

Rainer Maria Rilke

오르페우스에게 바치는 소네트

일러두기

1 작품 번역과 주석 작성에 사용한 텍스트는 다음과 같다.
   Rainer Maria Rilke, *Werke. Kommentierte Ausgabe in vier Bänden.*
   Frankfurt am Main und Leipzig, 1996.
2 주석 작성을 위해 위 책의 주해 부분과 『오르페우스에게 바치는
   소네트』를 전문적으로 다룬 최근의 저술(Christoph König/Kai
   Bremer(Hrsg.), *Über »Die Sonette an Orpheus« von Rilke.* Göttingen,
   2016)을 참고했다.
3 독자의 이해를 위해서 1부와 2부에 제목을 붙였다.

GESCHRIEBEN ALS EIN GRAB-MAL
FÜR WERA OUCKAMA KNOOP

베라 오우카마 크노프를 위해
묘비명으로 쓰다

Château de Muzot im Februar 1922

1922년 2월 뮈조성에서

차례

노래하는 신

노래하는 신

I

Da stieg ein Baum. O reine Übersteigung!
O Orpheus singt! O hoher Baum im Ohr!
Und alles schwieg. Doch selbst in der Verschweigung
ging neuer Anfang, Wink und Wandlung vor.

Tiere aus Stille drangen aus dem klaren
gelösten Wald von Lager und Genist;
und da ergab sich, daß sie nicht aus List
und nicht aus Angst in sich so leise waren,

sondern aus Hören. Brüllen, Schrei, Geröhr
schien klein in ihren Herzen. Und wo eben
kaum eine Hütte war, dies zu empfangen,

ein Unterschlupf aus dunkelstem Verlangen
mit einem Zugang, dessen Pfosten beben, —
da schufst du ihnen Tempel im Gehör.

I

저기 한 그루 나무[1]가 솟아올랐다.[2] 오 순수한 승화[3]여!
오 오르페우스가 노래한다![4] 오 귓속의 우람한 나무여!
그리고 만물은 침묵했다.[5] 그러나 침묵[6] 속에서도
새로운 시작과 눈짓과 변화가 일어나고 있었다.

고요 속의 짐승들이 동굴과 둥지에서,[7]
맑게 풀려난[8] 숲 밖으로 몰려나왔다;[9]
그들이 그토록 잠잠했던 것은
꾀를 부리거나 불안해서가 아니라,[10]

다만 듣기 위해서였다.[11] 포효, 외침, 울부짖음은
그들의 마음속에선 무의미해 보였다.[12] 거기
이것을 받아들일 오두막 하나 없던 곳,

가장 어두운 욕망으로부터의 피난처,
입구의 기둥들이 흔들리는 그곳에
그대는 그들을 위한 경청의 신전을 세웠다.[13]

II

Und fast ein Mädchen wars und ging hervor
aus diesem einigen Glück von Sang und Leier
und glänzte klar durch ihre Frühlingsschleier
und machte sich ein Bett in meinem Ohr.

Und schlief in mir. Und alles war ihr Schlaf.
Die Bäume, die ich je bewundert, diese
fühlbare Ferne, die gefühlte Wiese
und jedes Staunen, das mich selbst betraf.

Sie schlief die Welt. Singender Gott, wie hast
du sie vollendet, daß sie nicht begehrte,
erst wach zu sein? Sieh, sie erstand und schlief.

Wo ist ihr Tod? O, wirst du dies Motiv
erfinden noch, eh sich dein Lied verzehrte? —
Wo sinkt sie hin aus mir?... Ein Mädchen fast....

II

그것은 거의 소녀 같았고,[14] 노래와 리라가
하나로 어우러지는 이 행복에서 흘러나와[15]
봄의 너울 사이로 해맑게 빛나며
내[16] 귓속에 잠자리를 마련했다.[17]

그리고 내 안에 잠들었다. 모든 것이 그녀의 잠이었다.[18]
내가 언제나 경탄하곤 했던 이 나무들이며,
느껴지는 먼 거리, 느껴본 초원,
나를 사로잡았던 놀라움 모두가.

그녀는 세계를 잠재웠다.[19] 노래하는 신[20]이여, 그대는
어떻게 완성시켜놓았기에, 그녀[21]는 잠에서 깨어날
생각도 안 하는가? 보라, 그녀는 일어났다 또 잠들었다.

그녀의 죽음은 어디 있는가? 오, 그대는 그대 노래가
사라지기 전에 이 악상[22]을 생각해내지 않을 텐가?
그녀는 내게서 나와 어디로 사라지는가?…[23] 거의 소녀
　　같은…

III

Ein Gott vermags. Wie aber, sag mir, soll
ein Mann ihm folgen durch die schmale Leier?
Sein Sinn ist Zwiespalt. An der Kreuzung zweier
Herzwege steht kein Tempel für Apoll.

Gesang, wie du ihn lehrst, ist nicht Begehr,
nicht Werbung um ein endlich noch Erreichtes;
Gesang ist Dasein. Für den Gott ein Leichtes.
Wann aber *sind* wir? Und wann wendet *er*

an unser Sein die Erde und die Sterne?
Dies *ists* nicht, Jüngling, daß du liebst, wenn auch
die Stimme dann den Mund dir aufstößt, — lerne

vergessen, daß du aufsangst. Das verrinnt.
In Wahrheit singen, ist ein andrer Hauch.
Ein Hauch um nichts. Ein Wehn im Gott. Ein Wind.

III

신이라면 할 수 있다.[24] 그러나 말해다오, 어떻게
한 사내가 좁은 리라 사이로 신을 따를 수 있을까?[25]
그의 마음은 두 갈래, 두 마음길의
교차로에는 아폴론을 위한 신전은 없다.[26]

그대가 가르쳐주는 노래는 욕망이 아니고,
끝내 다다를 것을 위한 구애도 아니다;
노래는 현존재.[27] 신에게는 쉬운 일.
그러나 우리는 언제나 존재하나?[28] 신은 언제

우리의 존재를 대지와 별들에게로 돌릴까?[29]
젊은이여, 이것이 아니다, 네가 사랑을 한들,
네 목소리가 입을 열어젖혀도, ── 배워라

네가 노래한 것을 잊는 법을.[30] 그것은 사라진다.
진정으로 노래하는 것은 또 다른 숨결.
무를 둘러싼 숨결.[31] 신 속의 바람.[32] 한 줄기 바람.[33]

IV

O ihr Zärtlichen, tretet zuweilen
in den Atem, der euch nicht meint,
laßt ihn an eueren Wangen sich teilen,
hinter euch zittert er, wieder vereint.

O ihr Seligen, o ihr Heilen,
die ihr der Anfang der Herzen scheint.
Bogen der Pfeile und Ziele von Pfeilen,
ewiger glänzt euer Lächeln verweint.

Fürchtet euch nicht zu leiden, die Schwere,
gebt sie zurück an der Erde Gewicht;
schwer sind die Berge, schwer sind die Meere.

Selbst die als Kinder ihr pflanztet, die Bäume,
wurden zu schwer längst; ihr trüget sie nicht.
Aber die Lüfte... aber die Räume....

IV

오 너희 정겨운 이들[34]아, 때로 너희를
생각하지 않는 숨결[35] 속으로 들어가라,
숨결은 너희 뺨을 어루만지며 갈라졌다가,
너희 뒤에서 떨며 다시 하나가 되리라.[36]

오 너희 복된 이들아, 오 치유된 이들아,
너희는 마음의 시작처럼 보인다.
화살을 당기는 활과 화살의 과녁들아,[37]
너희의 미소는 눈물 속에 더 영원히 빛난다.[38]

고통의 무게를 두려워 마라, 그 무게를
대지의 무게에 돌려주어라;[39]
산도 무겁고 바다도 무겁다.

너희가 어릴 때 심은 나무들도
이미 무거워졌다; 너희는 그것들을 들 수 없다.
그러나 공기는… 그러나 공간들은…[40]

V

Errichtet keinen Denkstein. Laßt die Rose
nur jedes Jahr zu seinen Gunsten blühn.
Denn Orpheus ists. Seine Metamorphose
in dem und dem. Wir sollen uns nicht mühn

um andre Namen. Ein für alle Male
ists Orpheus, wenn es singt. Er kommt und geht.
Ists nicht schon viel, wenn er die Rosenschale
um ein paar Tage manchmal übersteht?

O wie er schwinden muß, daß ihrs begrifft!
Und wenn ihm selbst auch bangte, daß er schwände.
Indem sein Wort das Hiersein übertrifft,

ist er schon dort, wohin ihrs nicht begleitet.
Der Leier Gitter zwängt ihm nicht die Hände.
Und er gehorcht, indem er überschreitet.

V

기념비[41]를 세우지 마라. 다만
해마다 그를 위해 장미[42]가 피게 하라.
그는 오르페우스이니. 그의 변신[43]은
사물마다 깃들어 있다. 다른 이름들에

신경 쓰지 말 것이다. 노랫소리가 들리면
분명 오르페우스다. 그는 왔다가 간다.[44]
그러니 때때로 그가 장미 꽃잎보다 며칠씩
더 견딘다면 그것은 이미 과한 것 아닌가?

오, 그는 사라져야만 한다는 걸 알아야 한다![45]
하지만 그 역시 사라짐[46]이 두렵기만 하다.
그의 말이 이승의 존재를 넘어서는 사이,

그는 벌써 너희[47]가 갈 수 없는 곳에 가 있다.
리라의 격자가 그의 손을 얽매지 않는다.[48]
그는 넘어가면서 따를 뿐이다.[49]

VI

Ist er ein Hiesiger? Nein, aus beiden
Reichen erwuchs seine weite Natur.
Kundiger böge die Zweige der Weiden,
wer die Wurzeln der Weiden erfuhr.

Geht ihr zu Bette, so laßt auf dem Tische
Brot nicht und Milch nicht; die Toten ziehts —— .
Aber er, der Beschwörende, mische
unter der Milde des Augenlids

ihre Erscheinung in alles Geschaute;
und der Zauber von Erdrauch und Raute
sei ihm so wahr wie der klarste Bezug.

Nichts kann das gültige Bild ihm verschlimmern;
sei es aus Gräbern, sei es aus Zimmern,
rühme er Fingerring, Spange und Krug.

VI

그는 이승 사람인가?[50] 아니다, 그의
넓은 천성은 두 영역에서 자라났다.[51]
버드나무 뿌리를 잘 아는 이만이
버드나무 가지를 다룰 줄 안다.[52]

잠자리에 들 때 식탁에 빵도 우유도
남겨두지 마라;[53] 죽은 자들이 꼬인다 —— .
그러나 그는, 마법사[54]인 그는
부드러운 눈꺼풀 아래서 그가 본

모든 것과 죽은 자들의 모습을 섞으리라;[55]
그리고 푸마리아초[56]와 운향초의 마력은
그에게 가장 명쾌한 관계처럼 참되리라.[57]

어느 것도 그의 완벽한 모습을 해치지 못한다;
무덤[58]에서 나왔든, 방[59]에서 나왔든,
그는 반지, 팔찌, 항아리[60]를 칭송하리라.

VII

Rühmen, das ists! Ein zum Rühmen Bestellter,
ging er hervor wie das Erz aus des Steins
Schweigen. Sein Herz, o vergängliche Kelter
eines den Menschen unendlichen Weins.

Nie versagt ihm die Stimme am Staube,
wenn ihn das göttliche Beispiel ergreift.
Alles wird Weinberg, alles wird Traube,
in seinem fühlenden Süden gereift.

Nicht in den Grüften der Könige Moder
straft ihm die Rühmung lügen, oder
daß von den Göttern ein Schatten fällt.

Er ist einer der bleibenden Boten,
der noch weit in die Türen der Toten
Schalen mit rühmlichen Früchten hält.

VII

찬미,[61] 그것이다! 찬미를 위해 선택된 자,[62]
그는 돌의 침묵[63]을 깨고 나온 광물처럼
그렇게 나타났다.[64] 그의 심장은, 오, 인간에게
끝없는 포도주를 제공하는 덧없는 압착기다![65]

신의 본보기[66]가 그를 사로잡으면, 결코
먼지[67] 속에서도 그의 목소리 사라지지 않는다.
그의 민감한 남쪽에서 무르익으면,
모든 게 포도밭이 되고, 포도송이가 된다.[68]

왕들의 무덤 속에 핀 곰팡이마저도
그의 찬미를 거짓이라 꾸짖지 않고,
신들에게서도 그림자 드리우지 않는다.[69]

그는 영원한 심부름꾼,
죽은 자들의 문 안쪽까지 찬미의 열매
담긴 접시를 여전히 들이밀고 있다.[70]

VIII

Nur im Raum der Rühmung darf die Klage
gehn, die Nymphe des geweinten Quells,
wachend über unserm Niederschlage,
daß er klar sei an demselben Fels,

der die Tore trägt und die Altäre. —
Sieh, um ihre stillen Schultern früht
das Gefühl, daß sie die jüngste wäre
unter den Geschwistern im Gemüt.

Jubel *weiß*, und Sehnsucht ist geständig, —
nur die Klage lernt noch; mädchenhändig
zählt sie nächtelang das alte Schlimme.

Aber plötzlich, schräg und ungeübt,
hält sie doch ein Sternbild unsrer Stimme
in den Himmel, den ihr Hauch nicht trübt.

VIII

찬미의 공간에서만 비탄[71]은 거닐 수 있고,[72]
눈물의 샘의 님프[73]는
우리가 흘린 눈물[74]을 지켜본다,
성문과 제단을 짊어진 바위 곁에서

우리[75]의 눈물이 맑아지는 것을. ——[76]
보라, 그녀의 조용한 어깨 위로 새벽처럼
가슴속 자매들[77] 중 가장 어린
감정이 서성이고 있구나.

환호는 알고 있고, 그리움은 고백하나, ——
비탄은 아직 배우는 중이다;[78] 소녀의 손으로[79]
그녀[80]는 밤새도록 오래된 고통을 헤아린다.

그러나 갑자기, 비스듬히 서툰 몸짓으로,
그녀는 제 입김에 흐려지지 않은 하늘로
우리 목소리의 별자리를 들어 올린다.[81]

IX

Nur wer die Leier schon hob
auch unter Schatten,
darf das unendliche Lob
ahnend erstatten.

Nur wer mit Toten vom Mohn
aß, von dem ihren,
wird nicht den leisesten Ton
wieder verlieren.

Mag auch die Spieglung im Teich
oft uns verschwimmen:
Wisse das Bild.

Erst in dem Doppelbereich
werden die Stimmen
ewig und mild.

IX

그림자들 속에서도
리라를 들었던 자만[82]이
뭔가를 예감하며
무한한 칭송을 할 수 있다.

죽은 자들[83]과 함께[84] 그들의
양귀비[85]를 먹어본 자만이[86]
가장 섬세한 음도
다시는 잃지 않으리라.

연못에 비친 모습이
우리에게 희미하더라도:[87]
그 형상을 알라.[88]

이중의 영역[89]에서야
목소리들은
부드럽고 영원하리니.[90]

X

Euch, die ihr nie mein Gefühl verließt,
grüß ich, antikische Sarkophage,
die das fröhliche Wasser römischer Tage
als ein wandelndes Lied durchfließt.

Oder jene so offenen, wie das Aug
eines frohen erwachenden Hirten,
— innen voll Stille und Bienensaug —
denen entzückte Falter entschwirrten;

alle, die man dem Zweifel entreißt,
grüß ich, die wiedergeöffneten Munde,
die schon wußten, was schweigen heißt.

Wissen wirs, Freunde, wissen wirs nicht?
Beides bildet die zögernde Stunde
in dem menschlichen Angesicht.

X

내 감정을 한 번도 떠난 적 없는 너희들,
고대의 석관들[91]아, 너희에게 인사를 보낸다,
너희를 타고 로마 시대의 즐거운 물들이
방랑하는 노래 되어 흐르는구나.[92]

또는, 즐겁게 잠에서 깨어나는 목동의
눈처럼 그렇게 활짝 열린 너희들,
— 안에는 고요와 광대나물꽃[93]이 가득하고 —
황홀에 취한 나비들이 훨훨 날아올랐지;[94]

모든 의심에서 벗어난 너희들,
다시 열린 너희의 입에 인사를 건넨다,[95]
침묵이 무언지 이미 아는 너희에게.

친구들아, 침묵의 의미를 아는가 모르는가?
이 두 가지[96]가 사람의 얼굴에
망설이는 순간을 새겨 넣는구나.

XI

Sieh den Himmel. Heißt kein Sternbild »Reiter«?
Denn dies ist uns seltsam eingeprägt:
dieser Stolz aus Erde. Und ein Zweiter,
der ihn treibt und hält und den er trägt.

Ist nicht so, gejagt und dann gebändigt,
diese sehnige Natur des Seins?
Weg und Wendung. Doch ein Druck verständigt.
Neue Weite. Und die zwei sind eins.

Aber *sind* sie's? Oder meinen beide
nicht den Weg, den sie zusammen tun?
Namenlos schon trennt sie Tisch und Weide.

Auch die sternische Verbindung trügt.
Doch uns freue eine Weile nun
der Figur zu glauben. Das genügt.

XI

하늘을 보라. "기수"라는 별자리는 없는가?[97]
그것은 우리 마음에 기묘하게 새겨져 있다:[98]
이 땅의 자랑[99]과 또 하나의 자부심,
몰아대고 제어하며 그가 짊어지는 존재.[100]

이렇게 채찍을 맞으며 내달리고 길들여지는
이 강인한 존재의 본성은 우리 것이 아닌가?
길과 방향 전환.[101] 한 번의 압박[102]이 전달된다.
새로운 넓은 공간. 그리고 둘은 하나다.

그러나 정말 **그런가**? 아니면 둘은
서로 다른 길을 생각하는가?
식탁과 초원[103]은 사뭇 둘을 갈라놓는다.

별들의 결합마저 우리를 속인다.[104]
그러나 이제 우리는 이 형상을 믿으며
잠시 기쁨을 느끼자. 그것으로 충분하다.

Heil dem Geist, der uns verbinden mag;
denn wir leben wahrhaft in Figuren.
Und mit kleinen Schritten gehn die Uhren
neben unserm eigentlichen Tag.

Ohne unsern wahren Platz zu kennen,
handeln wir aus wirklichem Bezug.
Die Antennen fühlen die Antennen,
und die leere Ferne trug...

Reine Spannung. O Musik der Kräfte!
Ist nicht durch die läßlichen Geschäfte
jede Störung von dir abgelenkt?

Selbst wenn sich der Bauer sorgt und handelt,
wo die Saat in Sommer sich verwandelt,
reicht er niemals hin. Die Erde *schenkt*.

XII

우리[105]를 하나로 묶어주는 정신에게 경배를;[106]
우리는 정말로 형상들 속에 살고 있다.[107]
그리고 시계들은 잔걸음으로
우리의 진실한 하루 곁을 지나간다.[108]

우리의 진정한 자리를 알지 못해도[109]
우리는 참된 관계에서 행동한다.[110]
안테나[111]는 다른 안테나를 감지하고,
텅 빈 먼 거리는 품었다…[112]

순수한 긴장. 오, 힘들의 음악이여![113]
일상적인 일에 얽매이지 않으니
모든 장애가 너를 비껴가지 않는가?[114]

농부가 열심히 일하고 애쓴다 해도[115]
씨앗이 모습을 여름[116]으로 바꾸는 데까지는
이르지 못한다.[117] 대지가 베풀어야 한다.

XIII

Voller Apfel, Birne und Banane,

Stachelbeere... Alles dieses spricht

Tod und Leben in den Mund... Ich ahne...

Lest es einem Kind vom Angesicht,

wenn es sie erschmeckt. Dies kommt von weit.

Wird euch langsam namenlos im Munde?

Wo sonst Worte waren fließen Funde,

aus dem Fruchtfleisch überrascht befreit.

Wagt zu sagen, was ihr Apfel nennt.

Diese Süße, die sich erst verdichtet,

um, im Schmecken leise aufgerichtet,

klar zu werden, wach und transparent,

doppeldeutig, sonnig, erdig, hiesig — :

O Erfahrung, Fühlung, Freude —, riesig!

XIII

잘 익은 둥근 사과, 배 그리고 바나나,
구스베리…[118] 이것들은 입안으로
삶과 죽음을 말한다…[119] 나는 느낀다…
이것들을 맛보는 아이의 얼굴에서

읽어라.[120] 멀리서 온 것이다. 입안에서
말할 수 없이,[121] 느리게 일어나는가?
전에 말이 있었던 곳[122]에는 과육에서
놀랍게 풀려난 보물[123]이 흐른다.

말해보라, 너희가 사과라고 부르는 것을.
이 단맛, 처음엔 빽빽하지만
맛보는 동안 서서히 일어나서는

맑아지고 깨어 있는 투명한 그 맛,[124]
두 가지 뜻[125]을 지닌, 태양과 흙과 이 세상의 맛 —
오 체험이여, 느낌이여, 기쁨이여[126] — , 대단하다![127]

XIV

Wir gehen um mit Blume, Weinblatt, Frucht.
Sie sprechen nicht die Sprache nur des Jahres.
Aus Dunkel steigt ein buntes Offenbares
und hat vielleicht den Glanz der Eifersucht

der Toten an sich, die die Erde stärken.
Was wissen wir von ihrem Teil an dem?
Es ist seit langem ihre Art, den Lehm
mit ihrem freien Marke zu durchmärken.

Nun fragt sich nur: tun sie es gern?...
Drängt diese Frucht, ein Werk von schweren Sklaven,
geballt zu uns empor, zu ihren Herrn?

Sind *sie* die Herrn, die bei den Wurzeln schlafen,
und gönnen uns aus ihren Überflüssen
dies Zwischending aus stummer Kraft und Küssen?

XIV

우리[128]는 꽃, 포도 잎, 과일과 교감하며[129] 산다.
이들이 계절의 언어만을 하는 것은 아니다.[130]
어둠[131] 속에서 다채로운[132] 계시[133]가 솟아나고,
어쩌면 거기에는 대지의 힘을 북돋아주는

죽은 자들의 질투의 빛이 숨어 있는지 모른다.[134]
우리는 그들의 몫을 얼마나 알고 있는가?
오랜 시간 그들은 자유로워진 골수를
진흙과 골고루 섞어 버무려왔다.[135]

이제 궁금한 것: 그들은 그 일을 즐기는가?
힘겨운 노예들의 작품인 이 과일[136]은 그렇게 해서
둥글게 뭉쳐져 주인인 우리에게 올라오는 것인가?

아니면 뿌리들 곁에 잠든 **그들**이 주인인가?[137]
그들은 그들의 넘치는 수확물들 중에서 우리에게
묵묵한 힘과 입맞춤[138]의 이 혼합물을 주는 것일까?

XV

Wartet..., das schmeckt... Schon ists auf der Flucht.
.... Wenig Musik nur, ein Stampfen, ein Summen — :
Mädchen, ihr warmen, Mädchen, ihr stummen,
tanzt den Geschmack der erfahrenen Frucht!

Tanzt die Orange. Wer kann sie vergessen,
wie sie, ertrinkend in sich, sich wehrt
wider ihr Süßsein. Ihr habt sie besessen.
Sie hat sich köstlich zu euch bekehrt.

Tanzt die Orange. Die wärmere Landschaft,
werft sie aus euch, daß die reife erstrahle
in Lüften der Heimat! Erglühte, enthüllt

Düfte um Düfte. Schafft die Verwandtschaft
mit der reinen, sich weigernden Schale,
mit dem Saft, der die Glückliche füllt!

XV

기다려라… 맛있구나… 하지만 이미 도망친다.
… 약간의 음악에 발 구름, 흥얼거림만 있으면 ─
소녀들아, 따뜻한 소녀들아, 말 없는 소녀들아,[139]
너희들이 맛본 과일의 맛을 춤추어라![140]

오렌지를 춤추어라. 누가 그것을 잊을 수 있을까,
제 몸 속에서 익사하면서 달콤함을 안 빼앗기려는
오렌지의 모습을. 이제 너희들이 손아귀에 넣었다.
오렌지는 달콤하게 너희들의 뜻에 따르기로 했다.

오렌지를 춤추어라. 더 따뜻한 풍경을
너희 가슴 밖으로 내던져라, 잘 익은 그 과일이
고향의 미풍 속에서 밝게 빛나도록! 얼굴을 붉히며,

향기를 한 꺼풀씩 벗겨라. 관계를 맺어라,
몸을 사리는 순결한 껍질과
행복을 가득 채우는 그 달콤한 즙과!

XVI

Du, mein Freund, bist einsam, weil....
Wir machen mit Worten und Fingerzeigen
uns allmählich die Welt zu eigen,
vielleicht ihren schwächsten, gefährlichsten Teil.

Wer zeigt mit Fingern auf einen Geruch? —
Doch von den Kräften, die uns bedrohten,
fühlst du viele... Du kennst die Toten,
und du erschrickst vor dem Zauberspruch.

Sieh, nun heißt es zusammen ertragen
Stückwerk und Teile, als sei es das Ganze.
Dir helfen, wird schwer sein. Vor allem: pflanze

mich nicht in dein Herz. Ich wüchse zu schnell.
Doch *meines* Herrn Hand will ich führen und sagen:
Hier. Das ist Esau in seinem Fell.

XVI[141]

나의 친구여, 네[142]가 외로운 까닭은…[143]
우리[144]는 손짓과 말로 세계를
점점 우리 것으로 만든다,
세계의 제일 약하고 위험한 부분을.[145]

누가 냄새를 손가락으로 가리키는가?[146] ——
하지만 너는 우리를 겁주는 힘 중 많은 것을
감지하고 있다… 너는 죽은 자들을 안다.[147]
그리고 주술에 몸서리친다.

보라, 우리 둘은 함께 견뎌야 한다,
불완전한 것과 조각들을 전체처럼.
너를 돕는 일은 어려우리라. 특히: 너는

나를 가슴에 심지 마라. 나는 너무 빨리 자랄 테니.
하지만 나는 내 주인[148]의 손[149]을 이끌며 말하리라:
보십시오. 이것이 바로 털가죽을 쓴 에서입니다.

XVII

Zu unterst der Alte, verworrn,
all der Erbauten
Wurzel, verborgener Born,
den sie nie schauten.

Sturmhelm und Jägerhorn,
Spruch von Ergrauten,
Männer im Bruderzorn,
Frauen wie Lauten...

Drängender Zweig an Zweig,
nirgends ein freier....
Einer! O steig... o steig...

Aber sie brechen noch.
Dieser erst oben doch
biegt sich zur Leier.

XVII[150]

맨 밑에는 노인, 뒤엉킨 모습,
건설된 모든 것의
뿌리, 아무도 본 적 없는
숨겨진 샘.[151]

투구와 사냥꾼의 뿔피리,
은발 노인들의 금언,
형제간의 분노에 빠진 남자들,
리라처럼 울리는 여자들…

서로 밀치는 나뭇가지들
어떤 나뭇가지도 자유롭지 못하다…[152]
하나 있다! 오, 자라나라, 자라나라…[153]

그러나 여전히 가지들은 꺾인다.
그럼에도 이 가지는 높이 솟아
휘어져 리라가 된다.[154]

XVIII

Hörst du das Neue, Herr,
dröhnen und beben?
Kommen Verkündiger,
die es erheben.

Zwar ist kein Hören heil
in dem Durchtobtsein,
doch der Maschinenteil
will jetzt gelobt sein.

Sieh, die Maschine:
wie sie sich wälzt und rächt
und uns entstellt und schwächt.

Hat sie aus uns auch Kraft,
sie, ohne Leidenschaft,
treibe und diene.

XVIII

주[155]여, 들리나요,[156] 저 새로운 것[157]의
요란하게 울리며 진동하는 소리가?[158]
그것을 찬양하는
포고자들이 찾아옵니다.[159]

광란의 소음 속에서는
어떤 듣기도 온전치 못하겠지만,[160]
그러나 기계의 부품들은
이제 칭송을 받고 싶어 합니다.[161]

보세요,[162] 기계가
뒹굴며 밀치고[163] 우리를
일그러뜨리고[164] 약하게 만듭니다.

기계가 우리로부터 힘을 얻었더라도,
냉정한 그것들이
바삐 움직이며 우리를 섬기게 하소서.[165]

XIX

Wandelt sich rasch auch die Welt
wie Wolkengestalten,
alles Vollendete fällt
heim zum Uralten.

Über dem Wandel und Gang,
weiter und freier,
währt noch dein Vor-Gesang,
Gott mit der Leier.

Nicht sind die Leiden erkannt,
nicht ist die Liebe gelernt,
und was im Tod uns entfernt,

ist nicht entschleiert.
Einzig das Lied überm Land
heiligt und feiert.

XIX[166]

구름의 모양새[167]처럼
세상이 급변한다 해도,[168]
완성된 모든 것[169]은
태곳적인 것[170]으로 돌아간다.[171]

변화와 흐름을 넘어,
보다 넓고, 보다 자유롭게,
그대의 앞선-노래[172]가 계속된다,
리라를 든 신[173]이여.

고통은 파악되지 않았고,
사랑도 터득되지 않았으며,[174]
그리고 죽음이 우리를 갈라놓는 것,

그것의 베일은 벗겨지지 않았다.[175]
오로지 땅 위에 떠도는 노래[176]만이
모든 것을 기리며 찬미한다.[177]

XX

Dir aber, Herr, o was weih ich dir, sag,

der das Ohr den Geschöpfen gelehrt? ——

Mein Erinnern an einen Frühlingstag,

seinen Abend, in Rußland —— , ein Pferd...

Herüber vom Dorf kam der Schimmel allein,

an der vorderen Fessel den Pflock,

um die Nacht auf den Wiesen allein zu sein;

wie schlug seiner Mähne Gelock

an den Hals im Takte des Übermuts,

bei dem grob gehemmten Galopp.

Wie sprangen die Quellen des Rossebluts!

Der fühlte die Weiten, und ob!

Der sang und der hörte —— , dein Sagenkreis

war *in* ihm geschlossen.

                    Sein Bild: ich weih's.

XX[178]

주여, 당신께 무엇을 바칠까요?[179] 말하소서,[180]
피조물들에게 귀를 열어주신[181] 당신이여 ——
러시아의 어느 봄날, 그날 저녁,
그리고 한 마리 말에 대한 기억…[182]

백마는 건너편 마을에서 홀로 달려왔지요,[183]
앞 말굽에는 말뚝을 매단 채,
초원에서 혼자 밤을 지내기 위해;[184]
용솟음치는 용기[185]의 박자에 맞추어

휘날리던 갈기는 얼마나 목덜미를 때렸던가요,[186]
백마가 거칠게 달리다가 멈추어 섰을 때.[187]
준마의 핏줄은 얼마나 솟구쳤던가요!

말〔馬〕은 광막함을 느꼈지요,
말은 얼마나 노래하며 들었던가요,[188]
당신의 전설은 그에게서 마무리되었어요.[189]
          그 말의 모습: 그것을 나는 바치렵니다.

XXI

Frühling ist wiedergekommen. Die Erde
ist wie ein Kind, das Gedichte weiß;
viele, o viele.... Für die Beschwerde
langen Lernens bekommt sie den Preis.

Streng war ihr Lehrer. Wir mochten das Weiße
an dem Barte des alten Manns.
Nun, wie das Grüne, das Blaue heiße,
dürfen wir fragen: sie kanns, sie kanns!

Erde, die frei hat, du glückliche, spiele
nun mit den Kindern. Wir wollen dich fangen,
fröhliche Erde. Dem Frohsten gelingts.

O, was der Lehrer sie lehrte, das Viele,
und was gedruckt steht in Wurzeln und langen
schwierigen Stammen: sie singts, sie singts!

XXI[190]

봄이 다시 찾아왔다.[191] 대지는
시를 읊조리는 어린아이 같다;
많은 시를, 오 많은 시를… 더디고 힘들었던
배움의 수고에 대지는 보상을 받는다.[192]

대지의 스승은 엄격했다. 우리는 그 노인의
수염의 흰 빛깔을 좋아했다.[193]
이제 푸른 것, 파란 것이 무엇인지
물어봐도 된다: 대지는 그것을 안다, 대지는 안다!

대지여, 휴식을 맞은 대지여, 행복한 대지여, 이제
아이들과 놀아라. 우리는 그대를 붙잡겠다,[194]
즐거운 대지여. 가장 즐거운 아이가 붙잡는다.[195]

오, 스승이 가르쳐준 것, 그 많은 것들,
그리고 뿌리와 힘겨운 긴 줄기에 새겨진 것들:
대지는 노래한다, 대지는 그것을 노래한다![196]

XXII

Wir sind die Treibenden.
Aber den Schritt der Zeit,
nehmt ihn als Kleinigkeit
im immer Bleibenden.

Alles das Eilende
wird schon vorüber sein;
denn das Verweilende
erst weiht uns ein.

Knaben, o werft den Mut
nicht in die Schnelligkeit,
nicht in den Flugversuch.

Alles ist ausgeruht:
Dunkel und Helligkeit,
Blume und Buch.

XXII

우리[197]는 몰아치는 존재들.
그러나 시간의 발걸음일랑
영원히 지속하는 것[198] 속
하찮은 것으로 여겨라.

모든 서두름[199]은
곧 지나가리라;
머무르는 것만이
우리를 밝혀주리라.

소년들[200]아, 오 너희의 용기[201]를
속도를 향해 던지지 마라,
비행의 시도를 향해 던지지 마라.

모든 것이 이미 평온을 찾았다:[202]
어둠과 빛,
꽃과 책이.[203]

XXIII

O erst *dann*, wenn der Flug
nicht mehr um seinetwillen
wird in die Himmelstillen
steigen, sich selber genug,

um in lichten Profilen,
als das Gerät, das gelang,
Liebling der Winde zu spielen,
sicher, schwenkend und schlank, ——

erst, wenn ein reines Wohin
wachsender Apparate
Knabenstolz überwiegt,

wird, überstürzt von Gewinn,
jener den Fernen Genahte
sein, was er einsam erfliegt.

XXIII[204]

오, 언젠가 비행[205]이
무언가를 보여주려
고요한 하늘로 솟지 않을 때,
다만 스스로 만족하여,[206]

윤곽을 반짝이면서[207]
기계이면서 바람의
연인이 되어 날씬한 몸매로
확신에 찬 곡선을 그릴 때,

순수한 목적지[208]가
자라나는 기계의
소년 같은 자부심을 넘어설 때,

저 먼 곳에 도달한 자는
자신이 얻은 이득에 놀라며[209]
그의 고독한 비행이 이루어낸 존재[210]가 되리라.

XXIV

Sollen wir unsere uralte Freundschaft, die großen
niemals werbenden Götter, weil sie der harte
Stahl, den wir streng erzogen, nicht kennt, verstoßen
oder sie plötzlich suchen auf einer Karte?

Diese gewaltigen Freunde, die uns die Toten
nehmen, rühren nirgends an unsere Räder.
Unsere Gastmähler haben wir weit —— , unsere Bäder,
fortgerückt, und ihre uns lang schon zu langsamen Boten

überholen wir immer. Einsamer nun auf einander
ganz angewiesen, ohne einander zu kennen,
führen wir nicht mehr die Pfade als schöne Mäander,

sondern als Grade. Nur noch in Dampfkesseln brennen
die einstigen Feuer und heben die Hämmer, die immer
größern. Wir aber nehmen an Kraft ab, wie Schwimmer.

XXIV[211]

태곳적 우리의 우정[212]을, 결코 구애하지 않는
위대한 신들[213]을, 우리가 엄격히 단련한 강철[214]이
알지 못한다고 해서 굳이 버려야 하는가,
아니면 갑자기 지도에서 찾아야 하는가?[215]

죽은 자들을 앗아 가는 이 강력한 친구들[216]은
우리의 수레바퀴의 어디든 건드리는 적이 없다.[217]
우리는 연회도 목욕도 멀리 치워버렸다,[218] 그리고
우리는 옛날부터 너무 늦게 찾아오는 신들의 전령을

추월해버린다.[219] 점점 외롭게 서로에게 의지하며,[220]
하지만 서로를 알지도 못하면서 우리는
구불구불한 아름다운 오솔길이 아니라

직선로를 간다.[221] 옛날의 불길[222]은 증기기관에서나
타오르면서 갈수록 커가는 망치들을 들어 올린다.[223]
그러나 우리는 힘이 빠진다, 헤엄치는 사람처럼.[224]

XXV

Dich aber will ich nun, *Dich*, die ich kannte
wie eine Blume, von der ich den Namen nicht weiß,
noch *ein* Mal erinnern und ihnen zeigen, Entwandte,
schöne Gespielin des unüberwindlichen Schrei's.

Tänzerin erst, die plötzlich, den Körper voll Zögern,
anhielt, als göß man ihr Jungsein in Erz;
trauernd und lauschend ——. Da, von den hohen Vermögern
fiel ihr Musik in das veränderte Herz.

Nah war die Krankheit. Schon von den Schatten
bemächtigt,
drängte verdunkelt das Blut, doch, wie flüchtig verdächtigt,
trieb es in seinen natürlichen Frühling hervor.

Wieder und wieder, von Dunkel und Sturz unterbrochen,
glänzte es irdisch. Bis es nach schrecklichem Pochen
trat in das trostlos offene Tor.

XXV[225]

그러나 이제 그대를, 이름 모를[226] 한 송이
꽃으로 알던 그대[227]를 다시 한번 기억하여[228]
그들[229]에게 보여주려네,[230] 사라진 여인이여,[231]
억누를 수 없는 외침[232]의 아름다운 동반자여.

본디 무희였지, 망설임 가득한 몸,[233] 갑자기
그녀의 젊음이 황동에 부어진 듯 멈추었네.[234]
슬퍼하며, 경청하며. 그곳에, 신들은
변화된 그녀의 심장[235]에 음악을 스미게 했네.[236]

병이 가까이 왔네.[237] 이미 그림자에 사로잡혀,
검은 피가 밀려들었네,[238] 그러나, 의심도 잠시뿐,
피는 자신의 자연스러운 봄 안으로 솟아올랐네.[239]

또다시, 어둠과 추락으로 중단되었어도,[240] 언제나 다시
피는 이승의 빛으로 반짝였네.[241] 심장이 무섭게 뛴 끝에
마침내 위로 없이 열린 문[242] 안으로 들어섰네.

XXVI

Du aber, Göttlicher, du, bis zuletzt noch Ertöner,
da ihn der Schwarm der verschmähten Mänaden befiel,
hast ihr Geschrei übertönt mit Ordnung, du Schöner,
aus den Zerstörenden stieg dein erbauendes Spiel.

Keine war da, daß sie Haupt dir und Leier zerstör.
Wie sie auch rangen und rasten, und alle die scharfen
Steine, die sie nach deinem Herzen warfen,
wurden zu Sanftem an dir und begabt mit Gehör.

Schließlich zerschlugen sie dich, von der Rache gehetzt,
während dein Klang noch in Löwen und Felsen verweilte
und in den Bäumen und Vögeln. Dort singst du noch jetzt.

O du verlorener Gott! Du unendliche Spur!
Nur weil dich reißend zuletzt die Feindschaft verteilte,
sind wir die Hörenden jetzt und ein Mund der Natur.

XXVI[243]

그러나 그대,[244] 신성한 이, 끝까지 울리고 있는 이[245]여,
마음을 얻지 못한 무녀들[246]이 떼 지어 달려들었을 때,
당신은 그들의 절규를 질서[247]로 눌렀고, 아름다운 당신,
파괴하는 자들 속에서 당신의, 세우는 음악이 솟아올랐네.

그들이 미친 듯 날뛰었지만 그들 중 아무도 당신의 머리와
리라를 부술 수 없었네;[248] 그들은 많은 날카로운 돌을
당신의 심장[249]을 향해 던졌지만, 그 돌들은 모두
부드러운 것이 되어 당신을 어루만지며 귀 기울였네.[250]

마침내 복수심에 휩싸여 그들이 그대를 찢어발겼을 때에도,
그대의 울림은 여전히 사자들과 바위들 속에 남아 있었네,
나무와 새들 속에도. 그곳에서 당신은 지금도 노래하네.[251]

오 그대 사라진 신이여! 그대 끝없는 흔적이여!
마지막엔 적의가 그대를 갈기갈기 흩어놓았기에,
이제[252] 우리는 듣는 자들이며 자연의 입[253]이라네.

깨지며 울리는 유리잔이 되어라

I

Atmen, du unsichtbares Gedicht!
Immerfort um das eigne
Sein rein eingetauschter Weltraum. Gegengewicht,
in dem ich mich rhythmisch ereigne.

Einzige Welle, deren
allmähliches Meer ich bin;
sparsamstes du von allen möglichen Meeren, ——
Raumgewinn.

Wieviele von diesen Stellen der Räume waren schon
innen in mir. Manche Winde
sind wie mein Sohn.

Erkennst du mich, Luft, du, voll noch einst meiniger Orte?
Du, einmal glatte Rinde,
Rundung und Blatt meiner Worte.

I[254]

숨쉬기여, 너 보이지 않는 시여![255]
끊임없이 나의 존재와 순전히 맞바꿔
우주 공간이여.[256] 균형이여, 나는
균형을 이루며 율동 있게 움직인다.[257]

하나의 물결[258]만 있으면, 그 물결 속에서
나는 서서히 바다가 되네.[259]
모든 바다 중 가장 알뜰한 그대[260]여,
공간의 확보[261]여.

공간 속 이 자리들 중 얼마나 많은 자리가 이미
내 안에 있었는가.[262] 몇몇 바람[263]은
내게는 아들과 같네.

나를 아는가, 공기[264]여, 나의 장소들[265]로 가득할 그대여,[266]
언젠가 나의 말[267]의 매끄러운 껍질이요,
둥근 모양이요, 잎새가 될 그대여.[268]

II

So wie dem Meister manchmal das eilig
nähere Blatt den *wirklichen* Strich
abnimmt: so nehmen oft Spiegel das heilig
einzige Lächeln der Mädchen in sich,

wenn sie den Morgen erproben, allein, —
oder im Glanze der dienenden Lichter.
Und in das Atmen der echten Gesichter,
später, fällt nur ein Widerschein.

Was haben Augen einst ins umrußte
lange Verglühn der Kamine geschaut:
Blicke des Lebens, für immer verlorne.

Ach, der Erde, wer kennt die Verluste?
Nur, wer mit dennoch preisendem Laut
sänge das Herz, das ins Ganze geborne.

II

가끔 대가에게 서둘러 다가간[269]
종이[270]가 **참된** 한 획을 받아내듯:[271]
거울들[272]은 종종 소녀들이 짓는
신성하게 유일한 미소[273]를 품에 안는다,[274]

그녀들이 아침을 만들 때,[275] 홀로,[276] ──
또는 시중드는 등불들의 밝은 빛 속에서.[277]
그리고 그들의 진짜 얼굴들의 숨결 속으로,
나중에는, 단지 하나의 반영만 남는다.[278]

우리 눈은 그을음을 내며 서서히 이우는
벽난로의 불꽃 속에서 **무엇을** 보았는가:[279]
그것은 영원히 사라진 삶의 눈빛들.[280]

아, 대지의 상실[281]을 아는 이 누구인가?
그럼에도 찬미하는 목소리를 가진 자만이
전체로 태어난 마음[282]을 노래할 수 있으리.[283]

III

Spiegel noch nie hat man wissend beschrieben,
was ihr in euerem Wesen seid.
Ihr, wie mit lauter Löchern von Sieben
erfüllten Zwischenräume der Zeit.

Ihr, noch des leeren Saales Verschwender — ,
wenn es dämmmert, wie Wälder weit...
Und der Lüster geht wie ein Sechzehn-Ender
durch eure Unbetretbarkeit.

Manchmal seid ihr voll Malerei.
Einige scheinen *in* euch gegangen — ,
andere schicktet ihr scheu vorbei.

Aber die Schönste wird bleiben — , bis
drüben in ihre enthaltenen Wangen
eindrang der klare gelöste Narziß.

III

거울들아: 너희의 본질이 무엇인지
알면서 묘사한 이는 지금까지 없다.[284]
너희, 온통 구멍들로 채워진 듯한[285]
시간의 틈새들이여.[286]

너희는 여전히 텅 빈 홀의 낭비자들[287] —
숲처럼 어스름이 드넓게 퍼지면…[288]
열여섯 개 뿔 달린 사슴처럼 샹들리에가
너희의 들어갈 수 없는 공간을 통과한다.[289]

가끔 너희는 그림들로 가득 차 있다.[290]
몇몇 그림은 너희 안으로 들어간 것 같고,
다른 그림들은 너희가 수줍게 돌려보냈다.[291]

그러나 가장 아름다운 소녀는 머물 것이다 —,[292]
그 너머[293] 그녀의 손대지 않은 뺨에
맑게 풀린 나르시스[294]가 스며들 때까지.[295]

IV

O dieses ist das Tier, das es nicht giebt.
Sie wußtens nicht und habens jeden Falls
— sein Wandeln, seine Haltung, seinen Hals,
bis in des stillen Blickes Licht — geliebt.

Zwar *war* es nicht. Doch weil sie's liebten, ward
ein reines Tier. Sie ließen immer Raum.
Und in dem Raume, klar und ausgespart,
erhob es leicht sein Haupt und brauchte kaum

zu sein. Sie nährten es mit keinem Korn,
nur immer mit der Möglichkeit, es sei.
Und die gab solche Stärke an das Tier,

daß es aus sich ein Stirnhorn trieb. Ein Horn.
Zu einer Jungfrau kam es weiß herbei —
und war im Silber-Spiegel und in ihr.

IV[296]

오, 이것은 존재하지 않는 짐승.[297]
그들[298]은 그것을 몰랐지만 어쨌든
— 그의 걸음걸이, 그의 거동, 그의 목,
그의 고요한 눈빛까지도 — 사랑했다.

존재하지 않았지만, 그들의 사랑으로 순수한
짐승[299]이 되었다. 그들은 늘 공간을 남겨두었다.
그리고 그 비워둔 맑은 공간 속에서
그 짐승은 가볍게 머리를 들었으며

존재할 필요가 거의 없었다. 그들은 곡식 아닌,
존재할 가능성만으로 그 짐승을 길렀다.[300]
이 가능성이 그 짐승에게 엄청난 힘을 주어

이마에 뿔이 하나가 돋게 했다. 뿔 하나.[301]
그 짐승은 한 처녀에게 순백으로 다가왔고 —
은거울[302] 속에, 그녀의 마음속에 존재했다.

V

Blumenmuskel, der der Anemone
Wiesenmorgen nach und nach erschließt,
bis in ihren Schooß das polyphone
Licht der lauten Himmel sich ergießt,

in den stillen Blütenstern gespannter
Muskel des unendlichen Empfangs,
manchmal *so* von Fülle übermannter,
daß der Ruhewink des Untergangs

kaum vermag die weitzurückgeschnellten
Blatterränder dir zurückzugeben:
du, Entschluß und Kraft von *wie*viel Welten!

Wir, Gewaltsamen, wir währen länger.
Aber *wann*, in welchem aller Leben,
sind wir endlich offen und Empfänger?

V[303]

꽃의 근육이여, 너는 아네모네에게
초원의 아침을 조금씩 열어주어,
그 품 속으로 소란스러운 하늘의
다성(多聲)적인 빛이 쏟아진다,[304]

무한한 수용[305]을 위해 팽팽해진
고요한 근육질 꽃의 중심을 향해,
때때로 그 가득 참에 압도되어
이젠 쉬라는 일몰의 눈짓조차도

활짝 벌어진 그 꽃의 가장자리를
너에게 다시 돌려줄 수 없다:[306]
너, 얼마나 많은 세계의 결단과 힘인가![307]

우리는 폭력적 존재들, 우리는 더 오래 버틴다.[308]
그러나 언제, 모든 삶 가운데 어느 삶에서
마침내 열려서 받아들이는 존재가 될까?[309]

VI

Rose, du thronende, denen im Altertume
warst du ein Kelch mit einfachem Rand.
Uns aber bist du die volle zahllose Blume,
der unerschöpfliche Gegenstand.

In deinem Reichtum scheinst du wie Kleidung um Kleidung
um einen Leib aus nichts als Glanz;
aber dein einzelnes Blatt ist zugleich die Vermeidung
und die Verleugnung jedes Gewands.

Seit Jahrhunderten ruft uns dein Duft
seine süßesten Namen herüber;
plötzlich liegt er wie Ruhm in der Luft.

Dennoch, wir wissen ihn nicht zu nennen, wir raten...
Und Erinnerung geht zu ihm über,
die wir von rufbaren Stunden erbaten.

VI[310]

장미여, 너 군림하는 존재여, 고대 사람들에겐
너는 소박한 가장자리를 가진 잔 모양이었지.[311]
하지만 **우리에게 너는 셀 수 없이 가득 찬 꽃,**
결코 다함이 없는 대상이다.[312]

풍요로운 네 모습은[313] 빛으로만 된
몸을 겹겹이 옷으로 두른 것 같지만,[314]
너의 각개의 꽃잎은 어떤 옷도 안 되려
피하며 거부하는 것처럼 보인다.[315]

수 세기 동안 너의 향기는 우리에게
너의 가장 달콤한 이름을 부르게 했으니,
문득 그 이름 명성처럼 공기 속에 퍼진다.[316]

그럼에도 우리는 그 이름 몰라, 추측만 할 뿐…[317]
그래서 기억만이 그 이름을 향해 다가간다,
호명 가능한 시간에게 청원한 그 기억만이.[318]

VII

Blumen, ihr schließlich den ordnenden Händen verwandte,
(Händen der Mädchen von einst und jetzt),
die auf dem Gartentisch oft von Kante zu Kante
lagen, ermattet und sanft verletzt,

wartend des Wassers, das sie noch einmal erhole
aus dem begonnenen Tod —— , und nun
wieder erhobene zwischen die strömenden Pole
fühlender Finger, die wohlzutun

mehr noch vermögen, als ihr ahntet, ihr leichten,
wenn ihr euch wiederfandet im Krug,
langsam erkühlend und Warmes der Mädchen, wie Beichten,

von euch gebend, wie trübe ermüdende Sünden,
die das Gepflücktsein beging, als Bezug
wieder zu ihnen, die sich euch blühend verbünden.

VII[319]

꽃들이여, 너희는 결국 다듬는 손과 닮은 존재,
(그것은 옛날 소녀들과 오늘날 소녀들의 손),
너희는 때마다 정원의 테이블 모서리에
놓여 있었지, 시들고 부드럽게 상처 입은 채,

이미 시작된 죽음에 다시 한번 생기를
북돋아줄 물을 기다리면서 ──, 그리고 이제
느끼는 손가락들의 흐르는 극 사이에[320]
다시 세워진 너희들이여, 그 손길은

너희가 생각한 것보다 많은 걸 해낸다, 가벼운 것들아,
너희가 다시 꽃병에서 너희의 몸을 찾을 때면,
천천히 식어가며 소녀들의 온기를 참회처럼

내뿜으면서, 우울하고 지친 죄처럼,[321]
꺾여서 저질러진 죄처럼, 너희와 함께
피어나는 그들에게 다시 돌려주면서.[322]

VIII

Wenige ihr, der einstigen Kindheit Gespielen
in den zerstreuten Gärten der Stadt:
wie wir uns fanden und uns zögernd gefielen
und, wie das Lamm mit dem redenden Blatt,

sprachen als Schweigende. Wenn wir uns einmal freuten,
keinem gehörte es. Wessen wars?
Und wie zergings unter allen den gehenden Leuten
und im Bangen des langen Jahrs.

Wagen umrollten uns fremd, vorübergezogen,
Häuser umstanden uns stark, aber unwahr, —— und keines
kannte uns je. *Was* war wirklich im All?

Nichts. Nur die Bälle. Ihre herrlichen Bogen.
Auch nicht die Kinder... Aber manchmal trat eines,
ach ein vergehendes, unter den fallenden Ball.
(In memoriam Egon von Rilke)

VIII

너희, 내 어린 시절의 적은 놀이친구들아,
우리는 도시의 흩어진 정원에서 뛰어놀았지:[323]
우리는 만나 쭈뼛대며 서로 좋아하게 되었지,
우리는, 말하는 두루마리를 가진 어린양[324]처럼,

말없이 말하던 즐거운 때도 있었지만,[325]
그것[326]은 누구의 것도 아니었어.[327] 누구 거였지?
어떻게 그 순간은 걸어가는 모든 사람들 사이에서,
오랜 세월의 근심 속에서 녹아서 없어졌던가.

마차들은 우리 곁을 낮설게 스치며 굴러갔고,
집들은 우리를 감쌌지만 진실되지 않았다, —— 하나도
우리를 알지 못했다. 세상엔 진정 **무엇이** 있었나?[328]

아무것도 없었다. 오직 공들만. 멋진 곡선만 있었다.
아이들도 없었다… 그러나 가끔 한 아이가, 아,
사라져가는[329] 한 아이가 떨어지는 공 아래로 걸어갔다.
(에곤 폰 릴케[330]를 추억하며.)

IX

Rühmt euch, ihr Richtenden, nicht der entbehrlichen Folter
und daß das Eisen nicht länger an Hälsen sperrt.
Keins ist gesteigert, kein Herz —— , weil ein gewollter
Krampf der Milde euch zarter verzerrt.

Was es durch Zeiten bekam, das schenkt das Schafott
wieder zurück, wie Kinder ihr Spielzeug vom vorig
alten Geburtstag. Ins reine, ins hohe, ins torig
offene Herz träte er anders, der Gott

wirklicher Milde. Er käme gewaltig und griffe
strahlender um sich, wie Göttliche sind.
Mehr als ein Wind für die großen gesicherten Schiffe.

Weniger nicht, als die heimliche leise Gewahrung,
die uns im Innern schweigend gewinnt
wie ein still spielendes Kind aus unendlicher Paarung.

IX

자랑 마라, 그대들 재판관들[331]이여, 고문이 필요 없다고,
더 이상 목에 쇠를 씌우지 않는다고.[332]
어떤 마음[333]도 고양되지 않았다, 그 어떤 마음도 ― .
강요된 자비의 경련이 그대들을 쉽게 비틀기 때문이다.[334]

오랜 세월에 걸쳐 얻어낸 것을 단두대는 다시
돌려주리라, 마치 어린아이가 지난 생일에 받은
장난감을 다시 선물하듯이.[335] 문처럼 열린, 순수하고
드높은 마음 안으로 그분은 다른 모습으로 들리라,

진정한 자비의 신은.[336] 그분은 힘차게 다가와 몸 주위로
더욱 찬란한 빛을 뿌리리라, 신들의 모습이 그러하듯이.
안전한 큰 배를 밀어주는 바람[337] 이상의 것이 되리라.

또한 무수한 짝짓기로 태어난, 말없이 노는 아이[338]처럼,
우리 내면을 조용히 자기 것으로 만드는
은밀하고 섬세한 인식에 못지않으리라.[339]

X

Alles Erworbne bedroht die Maschine, solange

sie sich erdreistet, im Geist, statt im Gehorchen, zu sein.

Daß nicht der herrlichen Hand schöneres Zögern mehr

prange,

zu dem entschlossenern Bau schneidet sie steifer den Stein.

Nirgends bleibt sie zurück, daß wir ihr *ein* Mal entrönnen

und sie in stiller Fabrik ölend sich selber gehört.

Sie ist das Leben, — sie meint es am besten zu können,

die mit dem gleichen Entschluß ordnet und schafft und

zerstört.

Aber noch ist uns das Dasein verzaubert; an hundert

Stellen ist es noch Ursprung. Ein Spielen von reinen

Kräften, die keiner berührt, der nicht kniet und bewundert.

Worte gehen noch zart am Unsäglichen aus...

Und die Musik, immer neu, aus den bebendsten Steinen,

baut im unbrauchbaren Raum ihr vergöttlichtes Haus.

X

우리가 이룩한 모든 것[340]을 기계는 위협한다, 기계는
순응하지 않고 뻣뻣스레 정신[341] 속에 머물려 한다.
우아한 손의 아름다운 머뭇거림[342]이 사라지면서
기계는 건축하려는 의지로 세차게 돌을 쪼갠다.[343]

기계는 뒤처지지 않아, 우리는 **결코** 벗어날 수 없다.
기계는 조용한 공장에서 기름칠하며 자신에게만 속한다.
기계는 생명이라며, 자기 자신을 최고라고 믿으며,
같은 결단으로[344] 정돈하고, 창조하고, 파괴한다.

그러나 아직도 우리는 존재[345]에 매력을 느낀다, 수백의
곳에 아직 근원이 그대로 남아 있다. 무릎 꿇고서
경탄하지 않으면 아무도 손댈 수 없는 순수한 힘의 유희.

말은 여전히 형언할 수 없음의 가장자리를 스치고…
그리고 음악은, 언제나 새로이, 가장 잘 떠는 돌들로
쓸모없는 공간[346]에 자신의 신격화된 집을 짓는다.[347]

XI

Manche, des Todes, entstand ruhig geordnete Regel,
weiterbezwingender Mensch, seit du im Jagen beharrst;
mehr doch als Falle und Netz, weiß ich dich, Streifen von
Segel,
den man hinuntergehängt in den höhligen Karst.

Leise ließ man dich ein, als warst du ein Zeichen,
Frieden zu feiern. Doch dann: rang dich am Rande der
Knecht,
— und, aus den Höhlen, die Nacht warf eine Handvoll von
bleichen
taumelnden Tauben ins Licht... Aber auch *das* ist im Recht.

Fern von dem Schauenden sei jeglicher Hauch des
Bedauerns,
nicht nur vom Jäger allein, der, was sich zeitig erweist,
wachsam und handelnd vollzieht.

Töten ist eine Gestalt unseres wandernden Trauerns...
Rein ist im heiteren Geist,
was an uns selber geschieht.

XI[348]

정복을 멈추지 않는 인간이여, 사냥에 집착함으로써
조용히 정해진 수많은 죽음의 규칙이 생겨났다;
사람들이 석회암 동굴 안으로 늘어뜨리곤 하던
한 폭의 돛이여, 너를 덫이나 그물보다 더 잘 안다.[349]

평화를 기리는 징표라도 되는 것처럼 사람들은 너를
가만히 들이밀었다. 이어 소년이 네 모서리를 비틀었다.
— 그리고 밤은 동굴 밖으로 허둥대는 한 줌의 창백한
비둘기를 빛 속으로 내던졌다… 그러나 그것도 좋다.

바라보는 구경꾼마다 슬픔의 감정은 멀리 있으리라.
때맞추어 해야 할 일을 민첩하게 행동으로 옮기는
사냥꾼만 그런 것이 아니라.[350]

죽임은 우리의 떠도는 슬픔의 한 모습…[351]
맑고 밝은 정신 속에서,
우리 자신에게 일어나는 것은 순수하다.[352]

XII

Wolle die Wandlung. O sei für die Flamme begeistert,
drin sich ein Ding dir entzieht, das mit Verwandlungen
prunkt;
jener entwerfende Geist, welcher das Irdische meistert,
liebt in dem Schwung der Figur nichts wie den wendenden
Punkt.

Was sich ins Bleiben verschließt, schon *ists* das Erstarrte;
wähnt es sich sicher im Schutz des unscheinbaren Grau's?
Warte, ein Härtestes warnt aus der Ferne das Harte.
Wehe —— : abwesender Hammer holt aus!

Wer sich als Quelle ergießt, den erkennt die Erkennung;
und sie fuhrt ihn entzückt durch das heiter Geschaffne,
das mit Anfang oft schließt und mit Ende beginnt.

Jeder glückliche Raum ist Kind oder Enkel von Trennung,
den sie staunend durchgehn. Und die verwandelte Daphne
will, seit sie lorbeern fühlt, daß du dich wandelst in Wind.

XII

변화를 갈망하라. 오 불꽃[353]에 열광하라,
화려하게 모습을 바꾸며 네게서 떠나는 사물에;[354]
지상의 사물들을 관장하는 창조적 정신[355]은
형상의 율동 속에서 전환하는 순간[356]만을 사랑한다.

머무름 속에 스스로를 가둔 것은 이미 굳어버린 것;
보잘것없는 잿빛 멍에를 쓰고 안전을 꿈꾸는가?[357]
기다려라, 가장 강력한 존재[358]가 멀리서 굳음을
    경고한다.[359]
오호라, 보이지 않는 망치가 결국은 내려칠 것이다![360]

자신을 샘물로 쏟아내는 이[361]를 인식[362]은 알아보고;
인식은 황홀해하며 그를 해맑은 창조 속으로 이끈다.
창조는 주로 시작과 함께 끝나고, 끝과 함께 시작한다.[363]

모든 행복한 공간은 이별의 자식이거나 손주다,[364] 그들은
그 공간을 놀라워하며 걷는다.[365] 변신한 다프네[366]는
스스로 월계수가 되고서는, 네[367]가 바람이 되기를
    바란다.[368]

XIII

Sei allem Abschied voran, als wäre er hinter

dir, wie der Winter, der eben geht.

Denn unter Wintern ist einer so endlos Winter,

daß, überwinternd, dein Herz überhaupt übersteht.

Sei immer tot in Eurydike — , singender steige,

preisender steige zurück in den reinen Bezug.

Hier, unter Schwindenden, sei, im Reiche der Neige,

sei ein klingendes Glas, das sich im Klang schon zerschlug.

Sei — und wisse zugleich des Nicht-Seins Bedingung,

den unendlichen Grund deiner innigen Schwingung,

daß du sie völlig vollziehst dieses einzige Mal.

Zu dem gebrauchten sowohl, wie zum dampfen und stummen

Vorrat der vollen Natur, den unsäglichen Summen,

zähle dich jubelnd hinzu und vernichte die Zahl.

XIII[369]

모두 이별에 앞서 가라,[370] 막 지나가는 겨울처럼,
이별이 네 뒤에 있는 것처럼 생각하라.
많은 겨울 중에 하나는 끝없는 겨울이라,
겨울 나며, 네 심장은 견뎌내야 하리라.[371]

늘 에우리디케 안에 죽어 있어라,[372] 노래하며,
더 찬양하며 순수한 연관[373] 속으로 돌아가라.
이곳, 사라지는 것들 속에, 쇠락의 영역에 있어라,
깨지며 울리는 유리잔이 되어라.

존재하라 ── 동시에 비존재의 조건을 알라,
너의 깊은 흔들림의 무한한 이유를 알라,
너는 그것을 단 한 번에 완성하리라.

가득 찬 자연의 이미 써버린 나머지뿐만 아니라
묵묵히 말 없는 잉여, 그 헤아릴 수 없는 총합에
환호하면서 너를 더하라, 그리고 수를 넘어서라.[374]

XIV

Siehe die Blumen, diese dem Irdischen treuen,
denen wir Schicksal vom Rande des Schicksals leihn, —
aber wer weiß es! Wenn sie ihr Welken bereuen,
ist es an uns, ihre Reue zu sein.

Alles will schweben. Da gehn wir umher wie Beschwerer,
legen auf alles uns selbst, vom Gewichte entzückt;
o was sind wir den Dingen für zehrende Lehrer,
weil ihnen ewige Kindheit glückt.

Nähme sie einer ins innige Schlafen und schliefe
tief mit den Dingen — : o wie käme er leicht,
anders zum anderen Tag, aus der gemeinsamen Tiefe.

Oder er bliebe vielleicht; und sie blühten und priesen
ihn, den Bekehrten, der nun den Ihrigen gleicht,
allen den stillen Geschwistern im Winde der Wiesen.

XIV[375]

보라, 이 꽃들을,[376] 지상에 충신한 이 존재들을.
우리는 꽃들에게 운명의 언저리에서 운명을 빌려준다, ——[377]
그러나 누가 알랴! 꽃들이 저희의 시듦을 뉘우칠 때면,
그것은 결국 우리의 뉘우침인 것을.[378]

모든 것은 떠오르려 하는데, 우리만은 문진처럼 떠돌며
모든 것 위에 자신을 올려놓고 그 무게에 황홀해한다;
오, 사물들에게 우리는 정말 지긋지긋한 선생이다,
영원한 어린 시절을 누리는 그들에게.

누군기 꽃들을 친근한 잠[379] 속으로 네려가
함께 깊이 잠든다면 ——: 오 그는 날마다 함께한
심연에서 얼마나 가벼운 모습으로 나올 텐가.

어쩌면 그냥 머물지도 모른다; 꽃들은 피어나며
그를 찬미하겠지, 그들과 같아진 그 개종자를, 초원의
바람결에 있는 조용한 형제자매들과 똑같아진 그를.

XV

O Brunnen-Mund, du gebender, du Mund,
der unerschöpflich Eines, Reines, spricht, —
du, vor des Wassers fließendem Gesicht,
marmorne Maske. Und im Hintergrund

der Aquädukte Herkunft. Weither an
Gräbern vorbei, vom Hang des Apennins
tragen sie dir dein Sagen zu, das dann
am schwarzen Altern deines Kinns

vorüberfällt in das Gefäß davor.
Dies ist das schlafend hingelegte Ohr,
das Marmorohr, in das du immer sprichst.

Ein Ohr der Erde. Nur mit sich allein
redet sie also. Schiebt ein Krug sich ein,
so scheint es ihr, daß du sie unterbrichst.

XV[380]

오 샘의 입이여, 너 주는 자여, 다함이 없이
한 가지를, 순수한 것을 말하는 입이여, ─
너, 흐르는 물 앞에 쓰고 있는
대리석 가면이여. 그리고 그 뒤쪽에는

수로교의 근원이 있다. 먼 곳으로부터
무덤들을 지나, 아펜니노[381] 산의 언덕에서
수로교는 네게 말을 데려오고, 그러면
그 말은 검게 늙어가는 너의 턱을 지나

네 앞의 수조를 향해 떨어진다.
수조는 잠들어 누워 있는 대리석 귀,
그 귀에 대고 너는 언제나 속삭인다.

대지의 귀 하나. 대지는 그 자신과 홀로
대화를 나눈다.[382] 단지 하나가 끼어들면,
네[383]가 대지를 방해하는 것처럼 보인다.

XVI

Immer wieder von uns aufgerissen,
ist der Gott die Stelle, welche heilt.
Wir sind Scharfe, denn wir wollen wissen,
aber er ist heiter und verteilt.

Selbst die reine, die geweihte Spende
nimmt er anders nicht in seine Welt,
als indem er sich dem freien Ende
unbewegt entgegenstellt.

Nur der Tote trinkt
aus der hier von uns *gehörten* Quelle,
wenn der Gott ihm schweigend winkt, dem Toten.

Uns wird nur das Lärmen angeboten.
Und das Lamm erbittet seine Schelle
aus dem stilleren Instinkt.

XVI

서듬 우리의 손길에 찢기어도[384]
신은 금세 아무는[385] 상처다.
우리는 날카로움, 알려 하기 때문이다.
신은 즐거이 곳곳에 흩어져 있다.

순수한, 신성한 봉헌물을
자기 세계 안으로 받아들일 때에도,
신은 그 자유로운 끝 쪽을 향해
미동도 없이 똑바로 서 있다.[386]

죽은 자만이 이곳에서
우리가 엿들은 샘물을 마신다,
신이 말없이 죽은 자에게 손짓하면.

우리에게 주어지는 것은 소음뿐이다.
하지만 양은 방울을 원한다,[387]
더 조용한 본능[388]에서.

XVII

Wo, in welchen immer selig bewässerten Garten, an welchen
Bäumen, aus welchen zärtlich entblätterten Blüten-Kelchen
reifen die fremdartigen Früchte der Tröstung? Diese
köstlichen, deren du eine vielleicht in der zertretenen Wiese

deiner Armut findest. Von einem zum anderen Male
wunderst du dich über die Größe der Frucht,
über ihr Heilsein, über die Sanftheit der Schale,
und daß sie der Leichtsinn des Vogels dir nicht vorwegnahm
und nicht die Eifersucht

unten des Wurms. Giebt es denn Bäume, von Engeln
beflogen,
und von verborgenen langsamen Gärtnern so seltsam
gezogen,
daß sie uns tragen, ohne uns zu gehören?

Haben wir niemals vermocht, wir Schatten und Schemen,
durch unser voreilig reifes und wieder welkes Benehmen
jener gelassenen Sommer Gleichmut zu stören?

XVII[389]

어디서, 늘 복되이 물 대어진 어느 정원[390]에서,
어띤 나무에서, 살짝 잎 떨군 어느 꽃받침 속에서
위안의 낯선 열매들[391] 익어가고 있을까?
달콤한 열매들, 열매 하나를 너는 네 가난의

짓밟힌 풀밭에서 찾아낼지도 모른다. 매번
너는 열매의 크기와 온전함과
껍질의 매끄러움에 놀라리라,
새의 경솔함이나 아래쪽 벌레의 시기심[392]이

열매를 채 가지 않았으니. 천사들 날아오는, 숨어 있는
느린 정원사들이 기묘하게 가꿔놓은 나무들이 있을까,
우리에게 열매 주지만 우리 것이 아닌 나무들이?[393]

우리, 그림자이자 허깨비들은 한 번도,
급히 익었다 시들어버리는 우리의 태도로
평온한 여름의 평정을 깨지 못했나?[394]

XVIII

Tänzerin: o du Verlegung
alles Vergehens in Gang: wie brachtest du's dar.
Und der Wirbel am Schluß, dieser Baum aus Bewegung,
nahm er nicht ganz in Besitz das erschwungene Jahr?

Blühte nicht, daß ihn dein Schwingen von vorhin
umschwärme,
plötzlich sein Wipfel von Stille? Und über ihr,
war sie nicht Sonne, war sie nicht Sommer, die Wärme,
diese unzählige Wärme aus dir?

Aber er trug auch, er trug, dein Baum der Ekstase.
Sind sie nicht seine ruhigen Früchte: der Krug,
reifend gestreift, und die gereiftere Vase?

Und in den Bildern: ist nicht die Zeichnung geblieben,
die deiner Braue dunkler Zug
rasch an die Wendung der eigenen Wendung geschrieben?

XVIII[395]

춤**추**는 소녀여: 오 그대 모든 사라짐을
춤사위로 옮겨놓다니:[396] 어떻게 그럴 수 있었던가.
그리고 마지막 소용돌이, 춤으로 세운 나무,
그 나무는 휘돌아 간 세월을 온전히 소유하지 않았던가?[397]

그대의 회전이 둘러쌌던 그 나무의 우듬지에
갑자기 고요의 꽃이 피지 않았던가? 그 위엔,
태양이 아니었던가, 여름이 아니었던가, 따뜻함,
그대로부터 나온 무수한 온기 아니었던가?

그 나무는 열매를 맺었다, 열매를, 그대의 황홀의 나무가.[398]
그 나무의 고요한 열매들은 이것 아니었던가: 익으며
줄무늬 지는 물단지, 그리고 더욱 무르익은 꽃병이?

그림들 속에는: 스케치가 남지 않았던가,
그대 눈썹의 어두운 놀림이
잽싸게 자신의 회전의 벽에 휘갈긴 스케치가?[399]

XIX

Irgendwo wohnt das Gold in der verwöhnenden Bank
und mit Tausenden tut es vertraulich. Doch jener
Blinde, der Bettler, ist selbst dem kupfernen Zehner
wie ein verlorener Ort, wie das staubige Eck unterm
Schrank.

In den Geschäften entlang ist das Geld wie zuhause
und verkleidet sich scheinbar in Seide, Nelken und Pelz.
Er, der Schweigende, steht in der Atempause
alles des wach oder schlafend atmenden Gelds.

O wie mag sie sich schließen bei Nacht, diese immer offene
Hand.
Morgen holt sie das Schicksal wieder, und täglich
hält es sie hin: hell, elend, unendlich zerstörbar.

Daß doch einer, ein Schauender, endlich ihren langen
Bestand
staunend begriffe und rühmte. Nur dem Aufsingenden
säglich.
Nur dem Göttlichen hörbar.

XIX[400]

황금은 어딘가 호화로운 은행에 살면서
수많은 사람들과 신뢰로 지낸다. 하지만
저 눈먼 사람, 거지는 십원 동전한테조차
버림받은 장소, 옷장 밑 먼지 구덩이 같다.[401]

모든 상점에서 돈은 집처럼 편하게 있으면서
비단, 패랭이꽃, 모피 화사하게 차려입고 있다.
그 말 없는 사람은, 깨어 있거나 자며 숨 쉬는
모든 돈들의 숨 멈춤 사이에 서 있다.[402]

오 밤[403]이 된들 접을 수 있을까, 언제나 펼쳐진 저 손.
내일이면 운명이 다시 끌어낼 것이고, 날마다
내밀리라:[404] 밝고, 궁하고 언제라도 부서지게.[405]

하지만 관찰하던 누군가가 마침내 그 손의 오랜 존속을
놀라서 깨닫고 찬미하리라.[406] 오직 찬미자만 말할 수 있게.
오직 신적인 존재만 들을 수 있게.[407]

XX

Zwischen den Sternen, wie weit; und doch, um wievieles
noch weiter,
    was man am Hiesigen lernt.
    Einer, zum Beispiel, ein Kind... und ein Nächster, ein
Zweiter — ,
    o wie unfaßlich entfernt.

Schicksal, es mißt uns vielleicht mit des Seienden Spanne,
    daß es uns fremd erscheint;
    denk, wieviel Spannen allein vom Mädchen zum Manne,
    wenn es ihn meidet und meint.

Alles ist weit — , und nirgends schließt sich der Kreis.
    Sieh in der Schüssel, auf heiter bereitetem Tische,
    seltsam der Fische Gesicht.

Fische sind stumm..., meinte man einmal. Wer weiß?
    Aber ist nicht am Ende ein Ort, wo man das, was der Fische
    Sprache wäre, *ohne* sie spricht?

XX

별과 별 사이, 얼마나 먼가; 하지만 얼마나 더 먼가,
우리가 지금 여기서 배우는 것은.[408]
어떤 이, 한 아이… 그다음 사람, 또 한 사람 ─
오 얼마나 헤아릴 수 없이 먼가.

운명, 우리를 존재의 뼘으로 재려 한다,
운명이 우리에겐 낯설게 보일 수밖에;
생각하라, 처녀와 남자 사이 몇 뼘인지,
처녀가 마음에 두면서 피할 때면.[409]

모든 것은 멀 뿐 ─ , 원은 닫히지 않는다.[410]
즐거이 차려진 식탁 접시를 들여다보라,
생선들의 얼굴이 얼마나 기묘한지.[411]

생선은 묵묵하다고… 생각했다. 정말 그럴까?
그러나 결국 물고기들의 말과 같은 언어를
물고기 없이도 쓰는 장소가 있지 않을까?[412]

XXI

Singe die Gärten, mein Herz, die du nicht kennst; wie in
Glas

eingegossene Gärten, klar, unerreichbar.
Wasser und Rosen von Ispahan oder Schiras,
singe sie selig, preise sie, keinem vergleichbar.

Zeige, mein Herz, daß du sie niemals entbehrst.
Daß sie dich meinen, ihre reifenden Feigen.
Daß du mit ihren, zwischen den blühenden Zweigen
wie zum Gesicht gesteigerten Lüften verkehrst.

Meide den Irrtum, daß es Entbehrungen gebe
für den geschehnen Entschluß, diesen: zu sein!
Seidener Faden, kamst du hinein ins Gewebe.

Welchem der Bilder du auch im Innern geeint bist
(sei es selbst ein Moment aus dem Leben der Pein),
fühl, daß der ganze, der rühmliche Teppich gemeint ist.

XXI

정원들을 노래하라, 심장아, 네가 모르는 정원들을;[413]
유리에 담긴 것처럼 맑고, 닿을 수 없는 정원들을.[414]
이스파한[415]이나 시라즈[416]의 물과 장미를
기쁘게 노래하라, 찬미하라, 누구보다 더.

보여라, 심장아, 그들 없어도 아쉽지 않음을.[417]
익어가는 무화과들이 너를 사랑하고 있음을.
네가 꽃 피는 가지 사이, 얼굴처럼 솟은
그들의 바람[418]과 교감함을.

한번 내려진 결단, 존재를 향한 이 결단에
어떤 부족함이 있으리라는 착각은 피하라![419]
비단실이여, 넌 이미 천의 일부가 되었다.

네가 그 안에서 어떤 그림과 하나가 되었더라도,
(설령 고통의 삶에서 취해온 한순간일지라도)
느껴라, 완전한, 찬미할 만한 양탄자임을.[420]

XXII

O trotz Schicksal: die herrlichen Überflüsse

unseres Daseins, in Parken übergeschäumt, —

oder als steinerne Männer neben die Schlüsse

hoher Portale, unter Balkone gebäumt!

O die eherne Glocke, die ihre Keule

täglich wider den stumpfen Alltag hebt.

Oder die *eine*, in Karnak, die Säule,

die Säule, die fast ewige Tempel überlebt.

Heute stürzen die Überschüsse, dieselben,

nur noch als Eile vorbei, aus dem waagrechten gelben

Tag in die blendend mit Licht übertriebene Nacht.

Aber das Rasen zergeht und läßt keine Spuren.

Kurven des Flugs durch die Luft und die, die sie fuhren,

keine vielleicht ist umsonst. Doch nur wie gedacht.

XXII

오, 운명[421]에도 불구하고: 우리 현존의
찬란한 넘쳐흐름이여,[422] 공원에 이는 거품처럼, ——[423]
아니면 높다란 정문 기단 옆
발코니를 떠받든 주상들[424]이여!

오, 날마다 무감각한 일상에 맞서
종치개를 쳐드는 청동의 종이여,[425]
아니면 **그 기둥**, 카르나크 신전의 기둥, 기둥이여,
영원하다는 신전보다 오래 살아남은 기둥이여.

오늘날의 넘침[426]은, 여전히 같은 넘침이지만,
이제는 급히 지나가버린다,[427] 수평의 노란
낮[428]에서 나와 눈부시도록 휘황찬란한 밤을 향해.

그러나 광란은 사라지고 자취도 없다.[429]
허공을 가르는 비행의 곡선들과 곡선을 탄 자들,
헛되지 않으리라.[430] 그러나 그저 생각일 뿐.[431]

XXIII

Rufe mich zu jener deiner Stunden,
die dir unaufhörlich widersteht:
flehend nah wie das Gesicht von Hunden,
aber immer wieder weggedreht,

wenn du meinst, sie endlich zu erfassen.
So Entzognes ist am meisten dein.
Wir sind frei. Wir wurden dort entlassen,
wo wir meinten, erst begrüßt zu sein.

Bang verlangen wir nach einem Halte,
wir zu Jungen manchmal für das Alte
und zu alt für das, was niemals war.

Wir, gerecht nur, wo wir dennoch preisen,
weil wir, ach, der Ast sind und das Eisen
und das Süße reifender Gefahr.

XXIII[432]

나를 불러주오,[433] 그내에게 끊임없이
맞서는 시간들 중 어느 시간에:[434]
개들 얼굴처럼 애타게 가까우면서도
그대가 잡았다 싶으면[435]

바로 몸 돌려 사라지는 어느 시간에.
도망친 것일수록 더욱 그대의 것이다.[436]
우리는 자유의 몸. 처음엔 환영받았다
여겼던 그곳에서 우리는 쫓겨났다.

우리는 불안스레 정처할 곳을 찾아 헤맨다,
옛것에는 때로 너무 젊고
한 번도 없었던 것에는 너무 늙었다.

우리는 옳다, 다만 찬미할 때만,
아, 우리는 나뭇가지이자 쇠톱,[437]
익어가는 위험의 그 달콤함.

XXIV

O diese Lust, immer neu, aus gelockertem Lehm!
Niemand beinah hat den frühesten Wagern geholfen.
Städte entstanden trotzdem an beseligten Golfen,
Wasser und Öl füllten die Krüge trotzdem.

Götter, wir planen sie erst in erkühnten Entwürfen,
die uns das mürrische Schicksal wieder zerstört.
Aber sie sind die Unsterblichen. Sehet, wir dürfen
jenen erhorchen, der uns am Ende erhört.

Wir, ein Geschlecht durch Jahrtausende: Mütter und Väter,
immer erfüllter von dem künftigen Kind,
daß es uns einst, übersteigend, erschüttere, später.

Wir, wir unendlich Gewagten, was haben wir Zeit!
Und nur der schweigsame Tod, der weiß, was wir sind
und was er immer gewinnt, wenn er uns leiht.

XXIV

오, 일궈낸 진흙에서 솟는 늘 새로운 이 기쁨![438]
제일 먼저 나선 이들 도와준 자들 거의 없었다.[439]
그럼에도 복된 만(灣) 앞에 도시들은 세워졌고,
그럼에도 물과 기름은 항아리를 가득 채웠다.

신들이여, 우리는 그것들[440]을 대담하게 구상하나,
성마른 운명은 그것들을 다시 부수어버린다.
그러나 그것들은 불멸이다. 보라, 우리는
끝내 말 들어줄 이[441]에게 귀 기울이리라.

우리는 수천 년 종족: 어머니들, 아버지들,
우리는 미래의 한 아이로 점점 가득 차오른다,
아이는 훗날 우리를 뛰어넘어 뒤흔들리라.[442]

우리, 끝없이 모험해온 우리에겐 얼마나 시간이 많은가![443]
그리고 말 없는 죽음, 그만은 알고 있다, 우리가 누구인지,
그가 우리에게 빌려줄 때마다,[444] 무엇을 얻어 가는지.

XXV

Schon, horch, hörst du der ersten Harken
Arbeit; wieder den menschlichen Takt
in der verhaltenen Stille der starken
Vorfrühlingserde. Unabgeschmackt

scheint dir das Kommende. Jenes so oft
dir schon Gekommene scheint dir zu kommen
wieder wie Neues. Immer erhofft,
nahmst du es niemals. Es hat dich genommen.

Selbst die Blätter durchwinterter Eichen
scheinen im Abend ein künftiges Braun.
Manchmal geben sich Lüfte ein Zeichen.

Schwarz sind die Sträucher. Doch Haufen von Dünger
lagern als satteres Schwarz in den Aun.
Jede Stunde, die hingeht, wird jünger.

XXV[445]

귀 기울여라, 벌써 첫 갈퀴질 소리
들린다; 다시 인간의 박자,[446]
봄을 앞둔 힘찬 흙의 억누른 고요[447] 속
찾아온다. 전에 맛본 적 없는 듯

찾아오는 그것. 전에 네게 자주
찾아왔던 것이 다시 새것처럼
찾아오는 것 같다. 늘 바랐지만,
잡은 적 없다. 그것이 너를 사로잡았다.[448]

겨울을 견딘 떡갈나무 잎들[449]
저녁엔 미래의 갈색[450]으로 빛난다.
때로 바람들은 신호를 주고받는다.

덤불은 검다. 하지만 퇴비 더미는
더 검게 강가 초원에 쌓여 있다.
흐르는 모든 시간이 더 젊어진다.[451]

XXVI

Wie ergreift uns der Vogelschrei...
Irgend ein einmal erschaffenes Schreien.
Aber die Kinder schon, spielend im Freien,
schreien an wirklichen Schreien vorbei.

Schreien den Zufall. In Zwischenräume
dieses, des Weltraums, (in welchen der heile
Vogelschrei eingeht, wie Menschen in Träume ——)
treiben sie ihre, des Kreischens, Keile.

Wehe, wo sind wir? Immer noch freier,
wie die losgerissenen Drachen
jagen wir halbhoch, mit Rändern von Lachen,

windig zerfetzten. —— Ordne die Schreier,
singender Gott! daß sie rauschend erwachen,
tragend als Strömung das Haupt und die Leier.

XXVI

새 울음소리는 얼마나 우리[452]를 사로잡는가…
그 어떤 울음소리,[453]
그러나 아이들은 벌써, 밖에서 놀면서,[454]
진정한 외침을 스치며 소리[455] 지른다.[456]

우연을 외친다. 이 우주의, 이 공간의
틈새에다(그 안으로 온전한 새 울음소리는
들어간다, 인간이 꿈속으로 들듯 ──)
아이들은 날카로운 외침의 쐐기를 박는다.[457]

아, 우리는 어디 있는가?[458] 더욱 자유롭게,
줄이 끊긴 연처럼 우리는 허공의 중턱을
질주한다, 질풍에 찢긴 웃음으로 가장자리

너풀대면서.[459] ── 외치는 자들을 정돈하라,
노래하는 신이여! 그들이 쏴아 깨어나,
물결이 되어 머리와 리라[460]를 실어 나르게.[461]

XXVII

Giebt es wirklich die Zeit, die zerstörende?
Wann, auf dem ruhenden Berg, zerbricht sie die Burg?
Dieses Herz, das unendlich den Göttern gehörende,
wann vergewaltigts der Demiurg?

Sind wir wirklich so ängstlich Zerbrechliche,
wie das Schicksal uns wahr machen will?
Ist die Kindheit, die tiefe, versprechliche,
in den Wurzeln — später — still?

Ach, das Gespenst des Vergänglichen,
durch den arglos Empfänglichen
geht es, als wär es ein Rauch.

Als die, die wir sind, als die Treibenden,
gelten wir doch bei bleibenden
Kräften als göttlicher Brauch.

XXVII

파괴적인 시간은 정말 존재하는가?
고요한 산 위의 성[462]은 언제 무너질까?
무한히 신들에게 속하는 이 심장,
데미우르고스[463]는 언제 범할까?[464]

우리는 정말 불안스레 깨질 운명인가,[465]
운명이 우리에게 보여주는 것처럼?
깊고 희망에 찬[466] 어린 시절[467]은
── 훗날 ── 뿌리[468]에서 침묵할까?[469]

아, 덧없음의 유령이여,[470]
순진하게 수용하는 존재[471] 사이로
무상의 유령은 연기처럼 지나간다.

떠도는 존재들인 우리,[472] 그래도
우리는 영속하는 힘들[473] 속에서
신[474]의 관습을 지키는[475] 존재로 통하리.

XXVIII

O komm und geh. Du, fast noch Kind, ergänze
für einen Augenblick die Tanzfigur
zum reinen Sternbild einer jener Tänze,
darin wir die dumpf ordnende Natur

vergänglich übertreffen. Denn sie regte
sich völlig hörend nur, da Orpheus sang.
Du warst noch die von damals her Bewegte
und leicht befremdet, wenn ein Baum sich lang

besann, mit dir nach dem Gehör zu gehn.
Du wußtest noch die Stelle, wo die Leier
sich tönend hob — ; die unerhörte Mitte.

Für sie versuchtest du die schönen Schritte
und hofftest, einmal zu der heilen Feier
des Freundes Gang und Antlitz hinzudrehn.

XXVIII[476]

오, 그대, 오고 가라.[477] 거의 아이인 그대여,[478]
한순간 그대의 춤시위[479]로 순수한
별자리를 채워라,[480] 우리가 서툴게
정돈하는 자연을 잠시나마[481]

능가하는 춤 중 하나로.[482] 오르페우스가
노래할 때는 자연은 온전히 귀 기울인다.[483]
그대는 먼 옛날부터[484] 움직여온 존재,[485]
나무가 그대와 함께 경청에 동참하기를[486]

고민할 때면 약간 당혹스러워했다.
그대는 아직 알고 있었다, 리라의 소리가
솟구쳐 올랐던 그 자리를 ──; 전대미문의 그 중심을.

그 중심을 위하여 그대는 아름다운 스텝을 시도했고,
그리고 바랐다, 언젠가 완전한 찬미 쪽으로
친구[487]의 발걸음과 얼굴을 돌려줄 수 있기를.[488]

XXIX

Stiller Freund der vielen Fernen, fühle,
wie dein Atem noch den Raum vermehrt.
Im Gebälk der finstern Glockenstühle
laß dich läuten. Das, was an dir zehrt,

wird ein Starkes über dieser Nahrung.
Geh in der Verwandlung aus und ein.
Was ist deine leidendste Erfahrung?
Ist dir Trinken bitter, werde Wein.

Sei in dieser Nacht aus Übermaß
Zauberkraft am Kreuzweg deiner Sinne,
ihrer seltsamen Begegnung Sinn.

Und wenn dich das Irdische vergaß,
zu der stillen Erde sag: Ich rinne.
Zu dem raschen Wasser sprich: Ich bin.

XXIX[489]

멀고 먼 곳의 고요한 친구여, 느껴보라,[490]
너의 숨결이 여전히 공간을 넓히는 것을.
어두운 종루 그 들보 안쪽에서
너 자신을 울려라. 너를 갉아먹는 것이

그 영양분으로 강한 것으로 자라나리라.
언제나 변용 속으로 들어가고 나와라.[491]
너의 가장 쓰린 경험이 무엇이던가?
맛이 쓰다면, 너 자신이 포도주가 되어라.

이 넘침으로 가득 찬 밤에
네 감각의 십자로에서 마법의 힘이 되어라,
네 감각의 신비한 만남의 의미가 되어라.

그리고 이 세상이 너를 잊었다면,
조용한 대지에게 말하라: 나는 졸졸 흐른다.
빠른 물에게 말하라: 나는 존재한다.[492]

치마 다 코넬리아노(Cima da Conegliano, 1459/1460~1517/1518)가 그린 「오르페우스」 펜화. 1500년경 작품. 발라디네 클로소브스카가 시옹의 한 상점에서 이 그림을 발견해 뮈조성 서재의 책상머리에 붙여놓았다. 큰 나무에 기대어 리라를 켜는 오르페우스를 숲속 동물들이 둘러싸고 경청하는 모습을 묘사했다.

주(註)

1) 첫 번째 소네트에는 이 작품 전체를 끌어가는 많은 메시지가 담겨
    있다. 릴케가 이 시를 쓰면서 뮈조성 서재에 두었던 그림이 참고가 된다.
    오르페우스 뒤에는 그가 기대어 노래를 부르며 연주할 때 우뚝 서서 귀
    기울이고 있는 나무가 있다. 그의 노래에 나무는 그 모습이 정화된다.
    나무는 사람이 아닌 생명체의 대명사이다.『오르페우스에게 바치는
    소네트』의 첫 번째 시답게 오르페우스의 등장을 알리고 있다. 고대
    그리스 신화의 사건이 시집의 도입부를 형성한다. 오르페우스는 서양의
    시문학사에서 반복적으로 등장한다. 릴케는 이것을 "저기 한 그루
    나무가 솟아올랐다."라는 독특한 표현으로 시작한다. 오르페우스가
    노래하면 "순수한 승화"를 거쳐 "귓속의 우람한 나무"가 솟아오른다.
    오르페우스를 향한 시적 열광이 "나무"로 표현된다. 릴케가 다른
    생명체가 아닌 "나무"를 선택했다는 사실에 주목할 필요가 있다.
    나무는 성장이 그 본질적 특징이다. 오르페우스의 노래는 나무와
    같다는 것을 릴케는 오래 고민하여 이 시적 표현을 만들어낸 것으로
    보인다. 오르페우스의 존재는 시인에게 시적 영감으로 통한다. 나무는
    자연을 대변하며 태곳적 오르페우스의 노래를 들은 장본인이다. 나무는
    오르페우스의 노래를 기억한다.

2) "저기 한 그루 나무가 솟아올랐다." 이미 나무가 솟은 적이 있다는
    것을 과거형이 알려준다. 시적 화자는 자신의 귀에 다가온 나무를
    듣는다. 일단은 현실의 나무이지만 시인은 귀로 듣는다. 청각으로 세운
    나무이다. 이때 초월적 현상이 일어난다. 그것을 "순수한 승화"라고
    부른다. "저기 한 그루 나무가 솟아올랐다."는 얼핏 평범한 어투이지만,
    다음의 "오 순수한 승화여!"가 성찰을 요구한다. "순수한"은 일상의
    차원을 넘어섬을 알려준다. 외적인 불순물이 섞이지 않은 상태다.
    이 순수함은 오르페우스의 노래와 관련된다. 이 순수한 나무는
    오르페우스가 역사 속에 심은 나무이다.

3) "순수한 승화"는 오르페우스의 노래로 만들어진 나무를 말한다.
    노래의 나무가 이렇게 우뚝 솟다니, 이는 시인의 경탄의 대상이 된다.
    시인은 과거에 있었던 일을 머릿속으로 기억하여 다시 현재화한다.
    오르페우스의 노래가 얼마나 아름다웠는지를 간접적으로 증거하는

사실이다. 그러나 이 시절을 향해 갈 수는 없다. 오르페우스는 시적 전통을 뚫고 노래한다. 시적 화자는 과거에 있었던 열광적인 분위기를 재구성하고 있다. 그는 당시에 있었던 일을 청각으로 목격한 사람의 역할을 맡고 있다. 초반부의 경탄의 외침이 오르페우스에 대한 시인의 흠모를 알려준다. 시인은 이때 언어의 창조력을 믿고 있다. "귓속의 우람한 나무"는 바로 이것을 증거한다.

4) 오르페우스는 이미 디오니소스의 무희들에 의해 산산조각이 나 자연 속에 스며들었기에 오르페우스의 노래는 곧 자연의 소리를 말한다. "오 오르페우스가 노래한다!"라는 평범한 구절은 "오 귓속의 우람한 나무여!"라는 형이상학적 성찰을 요구한다. 구상적인 것을 추상화하는 기법이 사용되고 있다. 첫 두 행은 전반부와 후반부가 대조적으로 기술되어 있다.

5) 침묵은 귀 기울여 듣는 것을 강조한 말이다. 만물이 오르페우스의 노래를 경청한다. "침묵"은 "새로운 시작과 눈짓과 변화"의 대전제이다. 이는 궁극적으로 창조를 나타낸다. "새로운 시작"은 전래의 규범을 지양하고 전통을 벗어난 "눈짓"을 통해 고양된 상태에 이른다. 언어의 변신이 "변화"로 나온다. 시적 창작의 측면에서 보면 그렇다는 것이다. 시적 화자의 생각은 계속해서 앞으로 나아간다. 시적 화자인 시인은 오르페우스의 업적에 경탄을 보낸다. "오르페우스가 노래한다!"는 현재형으로 되어 있어 시적 화자가 가신(歌神)의 존재를 현재로 불러들이고 있음이 드러난다. 릴케는 이제 모든 것에서 해방된 시문학을 추구하려 한다. 그 궁극의 작품이 『오르페우스에게 바치는 소네트』이다. 이때 그의 언어는 통상적이면서도 새로움을 구한다. 시 영역의 확대이다. 이 작품에 사용된 언어의 새로움은 어디에 있는가? 그것은 이해(통상적인 것)와 거리(비범한 것)를 동시에 구하는 시적 어법에 있다. 전통적인 것과 혁신적인 것의 공존이 릴케의 시적 특징이다.

6) "침묵"은 청각적으로 뭔가를 만들어내는 속이 빈 거푸집과 같다.

7) 거처로서의 동굴과 둥지는 욕망이 꿈틀대는 곳으로 '맑게 풀린 것'을 받아들이지 못한다.

8) "맑게"와 "풀려난"이라는 낱말은 오르페우스의 속성을 나타내주며, 숲이 오르페우스의 음악으로 깨끗이 정화된 상태를 반영하는 표현이다. 모든 정치적 계산이나 이권, 속된 생각으로부터 해방된

것이라는 의미를 내포한다. 다른 말로 시적 변용이다.

9) 『두이노의 비가』에서처럼 짐승들은 인간들과 달리 순수한 소리를 듣고
    느낄 수 있다. 짐승들은 맑고, 풀린 상태로 모든 이데올로기에서 벗어나
    있다. 그들에겐 정치적 계산이나 예속이 없다. 이들은 해방감을 느낀다.
    이곳에서는 시각이나 후각, 촉각 같은 다른 감각보다 청각이 모든 것이
    된다. 이들은 오르페우스의 노래를 귀로 목격한 증인들이다.

10) 이 숲의 짐승들은 정화되어 모든 굴욕에서 벗어나 있다. 이곳의 시어는
    언어가 얼마만큼 순수해질 수 있는지를 보여주는 표본이나.

11) 짐승들은 오르페우스에게서 듣는 법을 배운다.

12) 오르페우스의 존재를 통해 짐승들의 소음이 정화된다. 이런 것이
    일어나는 곳은 마음의 공간이다. 마음은 오르페우스의 소리를 듣고
    말할 수 있는 기관이다. 보거나 듣는 것이 눈과 귀를 통해 일어나지
    않고 마음속에서 상상되는 것이다. 따라서 오르페우스가 노래하는
    공간은 시인의 마음의 공간이자 문학의 공간이다. 이곳의 나무들과
    숲은 경청을 통해 정화된 것들이다.

13) 욕망의 오두막과 "경청의 신전"이 대비된다. 이 신전은 자연의 소리에서
    오르페우스를 듣는 성스럽고 시적인 장소이다.

14) 첫 번째 소네트에 비추어 "그것"은 오르페우스의 노래이다. 먼저
    첫 소네트에서는 오르페우스가 세계에 끼치는 영향이 등장한다.
    오르페우스는 짐승들의 귓속에 경청의 신전을 세웠다. 이번엔
    오르페우스의 노래가 시인에게 끼치는 영향이 노래된다. 오르페우스의
    노래는 '거의 소녀 같다'. "소녀"는 오르페우스와 비슷한 특성을
    지닌다. 릴케는 "소녀"를 아직 외부로 향하지 않고 내면만을 향하는
    자족적인 존재로 보고 있기 때문이다. "그것"은 "노래와 리라가/ 하나로
    어우러지는 이 행복에서" 흘러나온 것으로 구체적으로 표현된다.
    시인은 이 소네트에서 자신의 시적 영감을 하나의 여성적 형상으로
    상정하여 이에 대해 성찰하고 있다. 이 소녀는 시인의 내면에 존재한다.

15) 시인은 오르페우스처럼 시를 짓고 싶어 한다. 노래가 귓속에 들어와
    잠을 잔다는 모티프는 『사랑하는 신 이야기』에 실린 러시아의 전설적인
    음유시인 티모페이 편에도 나온다. "노래와 리라가/ 하나로 어우러지는
    이 행복"이라는 말에서 드러나듯 시인은 오르페우스를 영감의
    원천으로 보고 있다.

16) 여기의 '나'는 시인이다.

17) 오르페우스의 영향력은 확대되어 나아간다. 그래서 앞의 시에서 말한
짐승들뿐만 아니라 시인도 그의 영향력을 느끼며 마침내는 모든 세계가
그 아래 놓이게 된다. 오르페우스의 노래는 소녀처럼 시적 화자의
내면으로 들어와 잠자리를 마련한다. 중기의 『신시집』에서는 시각이
시인의 주된 시적 관심사였다면, 이 작품에서 주를 이루는 것은 청각의
문제이다.

18) 릴케는 왜 "잠"을 강조하는가? 오르페우스의 노래는 "잠"으로 표명된다.

19) 오르페우스의 노래의 속성이 의인화되어 "소녀"에서 "세계"로 넘어간다.
노래의 영향력이 얼마나 크면 세계를 잠재울 수 있겠는가? 완벽하게
완성한 노래는 영원히 잠들어 깨어나지 않는다. 노래의 마법이다.

20) 이 시집의 수신자인 오르페우스를 말한다.

21) 인칭대명사 "그녀"는 이중적 의미를 갖는다. 즉 "그녀"는 에우리디케를
찬미하는 노래 자체일 수도 있고, "세계"일 수도 있다. 즉 소녀는 잠에
빠져 있는 세계가 된다. 그녀는 세계를 잠재워놓고, 또 그녀 자체가
잠들어 있는 세계로서, 이것은 시적 화자의 귓속에 잠자리를 갖는다.
시인과 오르페우스는 하나가 된다.

22) '죽은 소녀'의 모티프를 말한다.

23) 시적 화자는 소녀의 잠을 체험해보기는 했지만, 그녀의 죽음을
겪어보지는 못했다. 소녀의 죽음은 시적 화자 외부에 있으며 노래로
들을 수 없다.

24) 여기의 신은 오르페우스이다. 시적 화자는 오르페우스에게 신적인
특성을 부여하여 그를 3인칭으로 부르고 있다. 이로써 시적 화자와
오르페우스는 근본적으로 차이를 보인다.

25) 인간을 위한 신의 노래는 가능한가? 그에 대한 해답을 찾아가는 과정이
이후에 전개된다.

26) "사내"는 시적 화자 또는 시인의 대명사로 신과 거리를 보인다.
사랑과 욕망으로 갈라진 두 갈래 마음길에서는 시가 성공할 수 없다.
"아폴론을 위한 신전"이 없다. 욕망을 버린 사랑이 시적 진실성의
전제이다.

27) "노래는 현존재", 아주 명시적인 표현이다. "노래"를 다른 말로 더 보태서
설명하지 않고 단언적으로 "현존재"라고 한 것에 주목해야 한다. 과거도
아니고 미래도 아닌, 지금 이곳에 있음을 강조한 말이다. "노래"는
어떤 다른 목적을 위해 존재하는 것이 아니라 그 자체로 자족적이며

능동적이라는 뜻이다. "노래"에 긍정적인 차원이 부여된다. 진정한
노래가 무엇인지 이 구절을 통해 알 수 있다. 이런 인식에 이르기까지
시적 화자는 자신의 무능력을 한탄하면서, "노래"는 "욕망"이 "끝내
다다를 것을 위한 구애도 아니다"라고 단언한다. 노래에는 인간의
욕망이 개입되어서는 안 된다. 이 영역은 논리나 이성이 통하지 않는다.
결국 시적 화자는 '노래는 순수한 존재'라는 인식에 도달한다. 진정한
노래에는 시간 개념도 탈락된다. 무상성에서 벗어난다. 신적인 것에
뿌리를 둔 노래는 그 자체가 신성을 가짐으로써 속세의 무상성과
효용성을 벗어난다. 노래가 진정 어디로부터 태어나야 하는지, 좋은
시인지 아닌지는 그 생성의 뿌리에 있다는, 『젊은 시인에게 보내는
편지』에서 말한 논리가 여기서도 타당하다. 하이데거 식으로 말하면
존재에서 근원하는 현존재로서 원형의 흔적을 지니고 있다는
것이다. 존재(Sein)는 신적인 것을 뜻한다. 인간적 욕망과 탐냄을 떠나
제3자로서의 신성이 깃들 때 시는 보편적 진리를 띠게 된다.

28) 시적 화자는 이제 더 이상 노래를 묻지 않고 현존재에 대해 묻는다. 이
면에서 보면 노래와 현존재는 같은 범주에 속하는 개념임을 알 수 있다.

29) 첫 두 개의 4행연에서는 제자가 스승을 향해 던지는 질문이 주를
이룬다. "신은 언제// 우리의 존재를 대지와 별들에게로 돌릴까?"는
대지와 별들이 가진 자족적 특성의 일부를 인간에게 넘겨준다는
뜻이다. 욕망을 벗어나는 단계인 이것의 실현은 요원하기만 하다.

30) 사랑하는 대상을 향해 욕망을 펼치며 소유하려는 자세. 사랑의 욕구를
완전히 채운 자들보다는 불행한 사랑을 하는 자들이 오르페우스의
존재에 더 가깝다. 3, 4연은 스승이 제자에게 건네는 훈계라고 할
수 있다. 스승은 진정한 노래가 무엇인지 잘 안다. 여기의 스승은
오르페우스적 성격을 띠고 있다. 그러나 사실 이 두 인물은 시적 화자
자신이 역할을 바꾼 것이다. 이 소네트의 전반부와 후반부는 역할을
바꾸어본 시적 화자 자신의 내적 고백이다.

31) 어떤 목적이 없는 노래, 텅 빈 중앙을 싸고도는 노래를 뜻한다.
여기서의 "무"는 대상을 비롯해서 어디에도 얽매임이 없다는 의미로
긍정적인 차원에서 쓰인 것이다. 한마디로 소유와 욕망을 버린 노래를
뜻한다.

32) "신 속의 바람"이라는 표현은 무엇에도 위협받지 않는 아늑함을
나타낸다.

33) 아무런 동사도 주어도 없이 그냥 "한 줄기 바람"이라는 말로 이
소네트는 끝난다. 어떤 목적을 갖지 않은 시적 말하기를 보여주는
것이다. 이런 요소들이 오르페우스적 시 쓰기의 특징이다.

34) 숨결과 시의 만남이 주제를 이룬다. 세 번째 소네트의 "젊은이"에
이어 여기의 "정겨운 이들"은 소녀들이다. 시는 이 소녀들의 사랑을
테마로 다룬다. 시인은 이 소녀들과 마주하고 있다. 이 시집의 시들은
서로 긴밀하게 연관되어 있어 먼저 시에 대해 언급하고 이어 젊은이와
소녀들을 말한다.

35) "숨결"은 시인의 입김이다. 오르페우스가 노래 부르는 숨결이다. 이것이
소녀들을 훑고 지나간다. 소녀들은 시의 세례를 받는다. 시는 무심하다.
"너희를/ 생각하지 않는 숨결"은 평화로운 숨결이다. 소유하지 않는
사랑을 연상시킨다. 소녀들은 오라 하지 않아도 그 숨결 속으로
들어간다. 이 소녀들은 릴케의 위대한 사랑의 여인들을 닮아 있다.
소유하지 않는 사랑을 직접 실천하는 존재들이다. 이로써 진정한
존재의 상승감을 느끼는 여인들이다.

36) 바람에 뺨을 대고 있으면 바람이 갈라지며 지나간다. 시는 소녀들이
들어서면 잠시 뒤로 물러섰다가 다시 합쳐진다. 시는 소녀들을
아끼기에 소유하려 들지 않는다. 소녀들을 상대하려면 접촉이
기본이지만 시는 결국 이들을 피한다. 일종의 딜레마이다. 시는 곧
사랑이다. 숨결은 결국 소녀들 때문에 떨지만, 이내 합쳐진다. 소녀들은
무상한 존재라 일시적이지만, 오르페우스의 숨결은 영원하다.

37) "화살을 당기는 활"을 쏘면 그것이 "화살의 과녁"을 맞힌다. 화살의
비유에는 고통이 내재해 있다. 화살의 비유는 사랑의 고통을 주고받는
것을 의미한다.

38) 이들의 "미소"가 "눈물 속에 더 영원히 빛나는" 까닭은 불행한 사랑을
할 때 오히려 오르페우스에게 더 가깝고 또 오르페우스 아래에서는
시간까지도 지양되기 때문이다. 고통과 실패는 변용의 전제이다. 2연은
시를 만난 뒤 변화된 소녀들의 모습을 노래한다.

39) 고통을 두려워하지 않고 기꺼이 받아들일 때 얼굴에 순수한 미소가
떠오른다. 고통의 진정한 해방은 가벼움을 가져온다. 혼자서 모든
고통을 짊어지려 하지 말고 그것을 온 세상에 분배하여 고통의 무게를
덜도록 하라는 뜻이다. 이것은 『형상시집』의 시 「엄숙한 시간」에서
말하는 "이 세상 어디선가 누군가 울고 있다. 이 세상에서 까닭 없이

울고 있는 그 사람은/ 나를 위해 울고 있다."라는 말과 같다. 고독과
연대성을 나타낸다.

40) 소녀들은 나무들을 들어 올리지 못하지만 공간 속에 떠 있다. 이들은
"복된 이들"로 마치 공중 부양을 하는 성자들과 같다.

41) 오르페우스의 죽음과 그의 영원한 생명을 다룬 소네트이다. "기념비"는
특정한 사람, 이를테면 죽은 사람의 업적을 기리는 돌이다. "기념비"는
그 사람이 이미 죽어 사라졌다는 것을 전제로 한다. 그러나 시적 화자는
이런 기념비를 세우지 말라고 말한다. 보통 기념은 1년에 한 번 한다.
그러나 오르페우스는 디오니소스의 무희들에게 찢겨 죽으며 산산이
흩어져 삼라만상 속으로 들어갔기 때문에 그의 존재는 매 계절과
함께한다. 특히 꽃이 피는 계절은 그의 죽음을 새롭게 이겨낸다. 그렇게
해서 오르페우스의 존재는 영원히 이어진다. 오르페우스는 사라지는 듯
돌아온다. "그를 위해" 할 일이란 "장미가 피게" 하는 것이다.

42) "그를 위해"는 '그를 기려서'의 의미다. 장미는 오르페우스를 위한 가장
훌륭한 봉헌물이다. 오르페우스와 가장 유사한 존재 방식을 갖고
있기 때문이다. 옛날부터 장미는 자체로 완결된 아름다움의 상징으로
여겨져왔다. 장미는 오르페우스의 다른 이름이다.

43) 오르페우스의 대표적 특성은 "변신"이다. 소네트 작품 전체는 바로 이
변화의 법칙 아래 있다. 이것은 작품 끝에 이르면 춤으로 이어진다.

44) 오르페우스의 존재는 유동적이고 세상 곳곳에 '흩뿌려져' 있다. 신화에
따르면 그는 그의 사랑을 갈구하다 거절당해 격분한 디오니소스의
무희들에게 갈기갈기 찢겨서 죽임을 당한다. 오르페우스가 왔다가
가는 것은 장미로 피어났다가 지는 것을 말한다. 문학으로 표현하자면
시인들의 시 속에 시대를 두고 나타났다가 사라지는 것을 뜻한다.

45) 오르페우스의 죽음을 나타낸다. 그러나 죽음은 삶의 반대가
아니다. 죽음은 오히려 예술에서 삶을 드높일 가능성을 제공한다.
오르페우스의 노래는 그의 죽음이 있어 더욱 존귀해진다.
오르페우스의 운명이 그의 예술의 필수 조건이 된 셈이다.

46) 사라짐은 오르페우스에게 이승의 유한한 한계를 넘어서는 것과
동의어이다.

47) "너희"는 시인들을 말한다. 시인들은 이제 시인의 화신인 오르페우스의
뒤를 따른다.

48) "리라의 격자"는 리라의 현을 의미하며 음악, 즉 예술이 갖는 형식미를

뜻한다. 실제 이것은 감옥과 같다. 그러나 오르페우스는 이것을 넘어설
수 있다. "리라의 격자가 그의 손을 얽매지 않는다." 리라를 다루는
오르페우스의 솜씨는 능수능란해서 리라와 하나가 되어 자유롭게
움직인다.

49) 오르페우스는 이승적인 존재 방식을, 그 구속성을 넘어선다. "넘어"라는
말에 방점이 놓여 있다. 오르페우스는 지상의 구속성을 인정하고 모든
장애물을 뛰어넘는 초월을 만들어낸다. "그는 넘어가면서 따를 뿐이다."
더 보편적이고 열린 세계로 넘어간다. 광대한 세계를 향한 자유이다.
문학의 세계는 초월적이다. 오르페우스는 그곳으로 넘어간다.

50) 『오르페우스에게 바치는 소네트』에는 거의 50개의 질문이 나온다. 주로
오르페우스와 관련된 질문들이다.

51) 오르페우스는 두 개의 영역, 즉 죽은 자들의 영역과 산 자들의 영역에
똑같이 뿌리를 두고 있으며, 나무처럼 두 영역이 오르페우스에게서
통합된다. 나무는 오르페우스의 죽음 이후 그의 노래가 머무는 곳으로
지정된다.

52) 오르페우스는 지하의 존재들을 마시고 그것을 현실에서 노래하는
나무가 된다. 오르페우스는 한 그루 버드나무와 같다. 버드나무의
뿌리를 아는 자만이 버드나무를 제대로 다룰 줄 안다. 죽음을 아는
자가 삶을 제대로 노래할 수 있다.

53) 살아 있는 자들은 죽음의 침입을 막기 위해 여러 가지 예방 조치를
취한다.

54) 오르페우스.

55) 오르페우스는 눈꺼풀 아래서 죽은 자들의 영역과 살아 있는 자들의
영역, 이중 영역을 구가한다.

56) 민속신앙에 따르면 푸마리아초는 죽은 사람의 영혼을 보이게 해준다고
한다.

57) 삶과 죽음의 긴밀한 관계를 말한다.

58) 죽은 자들의 거처.

59) 살아 있는 자들의 거처. 죽은 자들이든, 살아 있는 자들이든 시인은
가림 없이 노래한다.

60) 이 사물들은 이승의 생활에서도 사용되고 죽은 자들의 무덤에
넣어주는 부장품도 된다. 즉 두 영역에 걸쳐 있는 사물들이다. 이것들이
오르페우스의 칭송의 대상이 되는 것은 이 사물들이 지닌 순환적인

성격 때문이다.

61) "찬미"를 테마로 삼은 세 편의 소네트 중 가운데 소네트이다. 앞서
세 번째 소네트에 나왔던 "노래"가 "찬미"로 대체된다. 여덟 번째
소네트에서는 "비탄"이 "찬미" 아래 놓인다. "찬미"는 사물의 본질을
노래하는 것이다. 비탄 역시 찬미의 하나이다. 상실을 진정으로
슬퍼하며 노래하는 것 또한 찬미다. 찬미는 성경 시편에서 찾아볼 수
있다. 바흐의 「성탄절 오라토리오」에서도 릴케가 『두이노의 비가』나
『오르페우스에세 바치는 소네트』에서 노래한 찬미와 유사한 분위기가
발견된다. 성서의 세속화이자 의미의 재편성이다.

62) "찬미를 위해 선택된 자"는 오르페우스이다. 오르페우스의 전설에서
유추할 수 있는 속성 중 가장 큰 것이 바로 '노래'다.

63) "돌의 침묵"은 이중적인 의미를 갖는다. 애당초 삼라만상이
오르페우스의 노래에 귀를 기울일 때의 정적, 또 에우리디케를
궁극적으로 잃었을 때 오르페우스가 느낀 심적 고통이다. 그리고
오르페우스가 침묵의 돌로 변용하는 것은 훗날 그가 맞을
종말을 선취하는 것이다. 오르페우스는 여러 번의 변용을 겪는다.
디오니소스의 무희들에 의해 갈가리 찢기는 것은 그의 시가 세상
속으로 흩어지는 것을 뜻한다. 그의 첫 변용이다.

64) 돌에서 광물을 얻듯이 시는 침묵에서 시작된다.

65) 오르페우스 및 그의 시의 기원과 본질에 대해 말하고 있다. "덧없는"은
시인의 존재가 갖는 유한성을 뜻한다.

66) 영감에 의한 시 짓기를 암시한다.

67) 지상적인 것을 "먼지"로 표현하고 있다.

68) 오르페우스의 시는 어떻게 탄생하며 어떤 것이 시로 변환될 수
있는지에 대해 말한다.

69) 역겹고 혐오스러운 것조차 오르페우스의 소재가 된다.

70) 시문학이 시간과 갖는 관계를 말하면서 하나의 이미지로 시의
본질을 알려주고 있다. 오르페우스는 죽음의 왕국의 문턱을 넘나드는
존재이다. 문턱을 통해 그릇에 담은 찬미를 나른다. 그는 그 접시를
"여전히 들이밀고 있다". 이는 그의 사명의 영원함을 말해주는 것이다.
그는 시간을 초월하여 그릇에 찬미의 말을 담아 세상에 전한다.

71) 오르페우스가 에우리디케를 상실한 데서 오는 비탄이다.

72) 앞의 소네트가 찬미를 주된 테마로 다루었다면, 이번 소네트는 비탄을

노래한다. 그러나 비탄 그 자체만 노래하지 않는다. 가장 눈에 띄는 것은 "찬미의 공간에서만 비탄은 거닐 수 있고,"라는 단정적 표현이다. 부정적 요소인 '상실'은 시에서 어떻게 자리를 잡는가? 상실이 제대로 자리 잡기 위해서는 찬미가 동반되어야 한다. 『두이노의 비가』 「제10비가」에서 쓰인 신화적인 형상이 이 소네트에서는 변형되어 사용되고 있다. "비탄"이 여성으로 의인화되어 있다. 의인화된 찬미는 비탄의 공간 속에서만 유효하다. 비탄은 찬미의 공간이 마련될 때 인격체로 살아난다. 작품 진행에 따라 비탄이 변용하며 하는 일들이 드러난다. 찬미 과정에서 비탄은 그 부정적 성격을 잃는가? 고통과 슬픔마저도 긍정적으로 받아들여 노래하는 장소가 "찬미의 공간"이다. 찬미를 할 때 슬픔은 예술이 될 수 있다. 찬미는 부정적인 것까지도 긍정적인 것으로 노래하는 시적 태도를 지칭한다.(성경 시편에서 가져온 표현이다.) 그러므로 "찬미의 공간"은 시적 공간이다. 이 찬미의 공간 속에서 비탄이 예술적 형상이 된다. 보통 슬픔이나 비탄은 그저 인간 감정의 토로일 뿐이지만 예술의 공간에서 그것은 한 단계 상승하여 하나의 인격적 형상으로 인간 감정의 한 역할을 떠맡기 때문이다. 이미 오비디우스의 오르페우스 전설 묘사에서 이렇게 다루고 있다. 오비디우스에게서도 비탄이 의인화되어 나오므로 그 영향이 이 작품에 그대로 반영된 것으로 보인다.

73) 그리스 신화의 님프 비블리스를 말한다. 근친상간으로 인한 불행한 사랑으로 끝없이 눈물을 흘리다 쇠잔하여 죽지만 님프들에 의해 다시 샘물로 태어난 인물이다. 릴케는 이 이야기를 『말테의 수기』의 위대한 사랑의 여인들과 관련하여 전개하고 있다. 이른바 오르페우스적 순환이다. 여기에 오르페우스 신화를 현대적으로 해석한 릴케의 핵심이 있다.

74) "눈물"은 창조성의 원천이다.

75) "우리"는 시인들로서의 우리를 말한다.

76) 슬픔이 맑은 모습으로 변용되는 것을 말한다. 상실의 슬픔이 눈물의 형태로 찬미의 공간 속으로 들어올 때 이와 같은 정화가 일어난다. 비탄이 중심 주제인 『두이노의 비가』와 달리 『오르페우스에게 바치는 소네트』는 찬미가 주를 이룬다. 『오르페우스에게 바치는 소네트』에서는 상실의 아픔이 전적으로 배제된다. 시인은 어떻게 슬픔을 찬미로 변용하는가? 시인은 상실의 부정성의 극복을 시의 테마로 삼고 있다.

77) "가슴속 자매들"은 이어 나오는 "환호"와 "그리움" 그리고 "비탄"이다.
"비탄"이 막내다. 이들 자매들인 "환호" 및 "그리움"과 "비탄"이 구별되는
점은 비탄이 과거와 현재를 이어준다는 데 있다. 즉 비탄은 밤새도록
오래된 고통들을 헤아리며 거기서 배운다.

78) 비탄이 아무 때나 자유롭게 터져 나오는 것은 아니다. 에우리디케를
두 번째로 궁극적으로 잃은 오르페우스는 돌로 화하여 아무런 소리도
내지 못한다. 비탄에 실패하는 것이다. 오르페우스는 침묵의 돌로
변용한다.

79) 아직 서툴고 경험도 없고 아는 것도 모자란다는 의미다.

80) 비탄을 말한다.

81) 비탄이 하늘로 올라가 "별자리"로 화한다. 비탄의 감정을 시인들은
하늘의 별자리로 표현한다. 극도의 고통은 소리가 아닌 그림으로
나타난다. 그 때문에 그 "우리 목소리의 별자리"는 비탄의 "입김"이
서리지 않는다. 들리지 않는 목소리는 추상적인 형체로 변용된다.
목소리가 음성이 아닌 시각으로 변용되어 우리에게 호소한다. 하늘에
떠서 이 "비탄"은 우리에게 끝없이 슬픔의 존재를 알리는 것이다.
이 별자리 이야기가 문학 속에서 실현되어 인간들의 가슴에 영원한
별자리로 남는다.

82) 앞의 소네트 첫 행의 "찬미의 공간에서만"처럼 "그림자들 속에서도/
리라를 들었던 자만"이라고 제한하는 투로 소네트는 시작된다. "찬미"가
가신의 악기 "리라"를 통해 이루어짐도 구체적으로 드러난다. 이 면에서
앞 소네트와 이번 소네트는 긴밀하게 연결되고 있다.

83) 여덟 번째 소네트의 "비탄"이 여기서 "죽은 자들"을 통해 그 대상을
획득한다.

84) 화자는 "죽은 자들"과의 친근함을 요구한다.

85) 잠, 망각을 뜻하며 이로써 죽은 자들과 연결점이 생긴다.

86) 이제 "죽은 자들"의 존재를 아는 것과 이들과 함께 "양귀비"를 먹어본
것이 "무한한 칭송"의 전제가 된다. 시를 진정한 시로 만들어주는
것은 무엇인가? 이 작품에는 죽은 자들의 세계를 뜻하는 많은
낱말들이 등장한다. 죽음의 세계가 시적 영감(창조력) 역할을 한다.
죽음을 아는 것이 곧 영감이다. 잠과 죽음이 형제처럼 등장한다. 여타
소네트에서처럼 첫 두 개의 4행연과 끝 두 개의 3행연 사이에 급격한
전환이 자리 잡고 있다.

87) "형상"은 그 모습이 흐릿해진다. 이 "형상"은 믿을 만하지도 않고
뚜렷하지도 않으며 안정적이지도 않다.

88) 시적 화자는 "우리에게", 즉 우리들, 시인들에게 명령한다. "그 형상을
알라." 이 부분은 원고에서 이탤릭체로 적혀 있다. "연못에 비친
모습"과 "형상"은 앞 소네트의 "별자리"를 연상케 한다. 이번 소네트는
결과적으로 여덟 번째 소네트와 열한 번째 소네트(유명한 "기수"
소네트)의 연결 고리 역할을 한다. 우리가 아는 형상들은 무상하거나
유동적이지 않고 확고하다. 이 의미에서 "그 형상을 알라."고 시적
화자는 요구하는 것이다. 죽은 자들에 대한 확고한 앎은 이들과의
공동성에서 나온다. 죽음의 형상을 아는 것은 상상력을 필요로 한다.
고린도 전서 13장 12절 "우리가 지금은 거울로 보는 것같이 희미하나
그때에는 얼굴과 얼굴을 대하여 볼 것이요"의 영향을 받고 있다. 형상을
바로 인식할 때까지 시인은 노력해야 한다. 이것이 시인의 사명이다.

89) "이중의 영역"은 삶과 죽음을 통합하는 온전한 세계를 이른다. 이
"이중의 영역"에 기반을 둔 가인이 바로 오르페우스이다. 여섯 번째
소네트에서 말한 "그의/ 넓은 천성은 두 영역에서 자라났다."라는
구절이 이를 확인해준다. 현실과 상상을 합쳐 하나가 될 때, 즉 "이중의
영역에서야/ 목소리들은/ 부드럽고 영원"하게 된다. 죽은 자들에 대한
앎이 찬가문학에서 전체성을 가능케 해준다.

90) 죽은 자들에 대해 알아야 시문학은 비로소 영원성을 띠게 된다.

91) 앞 소네트의 "그림자들"을 이어받아 같은 계열의 시어로 "석관들"이
등장한다. "석관들"에 대해서는 『신시집』의 「로마의 석관」(1906)에서도
다뤄진 바 있다. 석관은 시인의 "감정"과 관심의 눈길에서 멀어진 적이
없는 시적 대상이다. 이제 시인은 그 대상을 새로운 눈으로 다시 보고자
한다. 물론 "석관들"을 바라보는 시인의 "감정"은 슬픔에 가깝다.

92) 지중해 연안의 나라들에서는 근세에 들어 고대의 석관들을 우물가의
물통이나 꽃을 심는 화분으로 사용했다. 삶과 죽음이 긴밀하게
연결되는 하나의 상징적인 사건이다.

93) "Bienensaug"는 식물 "광대나물꽃"으로서 '꿀벌들을 유혹하는
꽃'이라는 의미를 갖는다.

94) 원주: 이 2연은, 『말테의 수기』에서도 언급된 바 있는 아를 부근의
유명한 알리스캉 옛 공동묘지의 무덤 파는 사람을 생각하며 쓴 것이다.

95) 시적 화자는 죽은 자들, 즉 '모든 의심에서 벗어난 자들'과 친구 사이이다.

삶과 죽음, 두 영역에 모두 관여하는 존재다. "다시 열린 너희의 입"은
죽은 자들이 물을 통해 자신을 표현하는 것을 뜻한다.

96) "이 두 가지"는 "침묵의 의미를 아는가 모르는가"를 받는다.

97) 이 "기수" 별자리 소네트는 여덟 번째 소네트의 마지막 구절
"그녀[비탄]는 제 입김에 흐려지지 않은 하늘로/ 우리 목소리의
별자리를 들어 올린다."를 이어받고 있다. 별자리는 인류의 상상력이
만들어낸 전통적 산물이다. 이 별자리의 사고를 통해 릴케는 인간
존재에 대해 성찰한다. 이를 위해 시인은 명령문과 의문문의 두
문장으로 인상적으로 첫 행을 시작하고 있다. "하늘을 보라. '기수'라는
별자리는 없는가?" 시인은 하늘에 "기수"라는 별자리가 없음을 알고
있으며 그것에 대해 숙고를 시작한다. 물론 있을 수도 있다. 스스로
별자리를 만들면 된다.

98) 하늘에는 "기수"라는 별자리가 없지만, 말과 기수가 혼연일체가 되어
존재를 구가하고자 하는 상상은 우리 마음속에 새겨져 있다. 별자리
자체가 중요한 것이 아니라 마음속에 이상적 형상을 그려놓고 그것을
추구하는 것이 관건이다. 그러나 우리는 말처럼 우리의 존재를 우리
의지대로 다룰 수 있는가? 우리와 존재는 각각 다를 길을 가지 않는가?
"하늘을 보라."는 결국 마음의 눈을 내면으로 돌리라는 뜻이 된다.
"하늘을 보라."라는 말과 함께 하늘은 마음속에 생겨난다. 별자리는
사실 관습적으로 명명 행위를 통해서 생겨난 것이다. 별자리는 후대
사람들이 계속해서 변형된 형태로 만들어낼 수 있다. 그러나 이 시의
"기수" 별자리는 굳이 전래의 별자리 규범을 생각할 필요가 없다. 릴케
자신의 생각을 전개하기 위한 출발점이기 때문이다. 별자리는 인간
상상력의 산물로서 예술적 모델이 된다.

99) 말〔馬〕을 의미한다.

100) 시적 화자가 상상으로 제시한 "기수" 별자리는 말과 기수의 두 가지
구성 요소로 이루어져 있다. 말이 기수를 태우고 달리는 형상이다.
말은 자연 속에서 뛰어다니던 자유로운 존재다. 그러나 인간에 의해
길이 들어 인간에게 봉사한다. 인간 역시 자연 속의 자유로운 존재이다.
인간도 사회라는 구조에 의해 길이 들어간다. 말은 이승적인 것의
대표 명사이다. 이승적인 것의 아름다움을 시인은 말로 표현하고 있는
것이다. "이 땅의 자랑과 또 하나의 자부심,/ 몰아대고 제어하며 그가
짊어지는 존재." 이 구절은 모순적인 듯한 표현으로 이루어져 있다. 말이

기수를 규정하는 것이다. 말과 기수의 조화를 표현한 형상은 그리스의 다른 영웅들처럼 별자리로 둘 만하다는 것이 시적 화자의 생각이다. 반인반마의 켄타우로스처럼 하나 된 형상을 그려볼 수 있다. 시적 화자는 하나의 형상으로서 별자리를 만들어 시의 틀 안에서 생명력을 부여하고 있다. 언어를 통해 말하는 가운데 별자리 형상이 마음속에 그려지는 것이다. 그 과정을 첫 두 개의 4행연이 묘사한다. 사실 이 소네트는 하늘에 있지 않은 별자리를 묘사한다. 별들은 침묵으로 말한다. 릴케의 별자리는 언어로 만들어진다. "그것은 우리 마음에 기묘하게 새겨져 있다"라는 언어 행위를 통해 별자리는 생겨난다. 우리 마음속에 "기묘하게" 새겨져 있는 이 별자리는 일상적 사고를 벗어난다. 우리 가슴속에도 별자리가 있다. 이것은 태생적으로 우리 안에 존재하는 것이다. 시인은 이 잊힌 별자리를 되살리고자 한다.

101) 우리 인간 존재는 "길과 방향 전환"으로 이루어져 있다. 마구 박차를 받다가 고삐가 당겨지는 것이 바로 "길과 방향 전환"이다. 시인은 별자리 기수를 통해 인간 존재에 대해 성찰한다. 우리 안에 존재하는 두 가지 성향이다. 우리는 "이 땅의 자랑"이면서 또한 그것을 타고 가는 존재이기도 하다. '말'이 이 땅의 자랑이라면 그 말을 모는 "기수"는 또 다른 자랑이다. "길과 방향 전환"은 이 소네트의 구체적 대상이 말과 기수임을 드러낸다. "방향 전환"은 "압박"과 상응한다.

102) "압박"은 기수가 허벅지로 말에게 가하는 힘을 의미하며 이 압박은 기수와 말 사이의 언어를 통하지 않는 소통의 방식이다. 길을 따라 제대로 합심하여 가야 "새로운 넓은 공간"에 이를 수 있다. "그리고 둘은 하나다." 둘이 하나로 녹을 때 새 세계가 열리는 것이다. 서로 모순되며 대척되는 요소가 합쳐져야 이에 이를 수 있다. 이 결합은 따라서 일시적이다. 인간과 말의 관계는 상징적 의미를 갖는다.

103) 그러나 이어지는 3연에서 둘의 조화에 대해 시적 화자는 의문을 제기한다. "그러나 정말 그런가?" 이 질문은 의심을 품고 있다. 함께 가는 길은 일시적이다. 시인은 인간과 말은 이미 그 종에 있어 다름을 선포한다. 둘은 각각 서로 다른 세계에 속한다. "식탁"은 인간이 가는 길이고, "초원"은 말이 가는 길이다. 둘이 하나 된다는 것이 얼마나 어려운지 알려준다. 이어 "별들의 결합마저 우리를 속인다."라는 단언이 등장한다. 말은 "초원"에서 풀을 뜯고, 기수는 한곳에 정착하여 "식탁"에서 식사를 한다. 본디 인간은 문화적으로 규정된 공간 속에서

살고, 말은 초원에서 자유를 구가한다.

104) "별자리"는 인간들이 임의로 하늘의 별을 연결하여 꾸며낸 상상의
산물이다. 그러므로 그것이 진리는 아니다. 그렇지만 그 존재를 믿고
그것을 추구하는 가운데 기쁨을 누리려는 자세가 필요하다. 소네트의
첫 행에서 제기된 질문에 대한 답은 이 시 마지막에 나온다. 시인은
"그러나 이제 우리는 형상을 믿으며/ 잠시 기쁨을 느끼자. 그것으로
충분하다."고 말한다.

105) 시적 화자와 오르페우스.

106) 이 소네트의 첫머리는 정신을 찬미하며 신성화한다. "우리를 하나로
묶어주는 정신에게 경배를" 속에는 '신성한 정신'을 향한 숭배의 태도가
내재되어 있다. "정신"은 영감을 이르며 시인과 오르페우스를 엮어주는
역할을 한다.

107) 인간들은 의식의 작용으로 생각해낸 "형상들"을 염두에 두고
그것을 지표로 삼아 살아간다. 앞에서 나온 소네트와 연관해서 보면
'기수 별자리'와 같은 형상을 말한다. 이 "형상들"은 시적 화자와
오르페우스를 묶어주는 역할을 하며 하나로 확정되어 있지 않고
다양하게 변화한다. 이는 오르페우스와 시적 화자의 변용 가능성에
기반한다.

108) 이 구절은 문학적 세계와 일상의 세계를 구분 짓는다. 시인은 "형상"이
되어 "진실한 하루"를 보내며, 그 곁을 무상한 외부의 시계가 지나간다.
형상들의 세계는 무상성에서 벗어나 있다.

109) 우리의 지식과 경험으로는 우리가 있는 진정한 자리를 알지 못한다.

110) 시인은 시간과 장소에 구애받지 않고 변용 가능하며 "참된 관계에서
행동한다". 참된 존재와 연결되어 있다는 생각이 참된 행동을 낳는다.

111) 릴케는 현대 기술용어인 "안테나"를 쓰고 있는데, "안테나"는 "관계"의
한 형태이다.

112) 안테나는 곤충의 더듬이에서 연유한다. 시적으로는 직관을 뜻한다. 또
"텅 빈 먼 거리는 품었다…"는 빈 공간 속에 뭔가 연결점들이 내적으로
존재함을 말한다.

113) "순수한 긴장. 오, 힘들의 음악"은 시적 화자와 오르페우스의 관계를
표현하는 시어들이다. "힘들의 음악"은 우주의 음악을 연상케 한다.
"긴장" 속에는 서로 간의 연결에서 나오는 알 수 없는 힘이 내재되어
있다. 이 힘들은 알 수 없는 연관 속에서 서로 영향을 끼친다. 시적

영감에 대한 표현이다. 영감은 힘으로서 시인에게 자신의 존재를 무언중에 알리는 것이다. 이 소네트는 길거리 곡예사를 묘사하면서 시적 화자가 아쉬움을 노래한 「제5비가」의 "그곳은 어디인가"와 닮아 있다. 접근할 수는 없지만 분명하게 작용하는, 알 수 없는 영감을 노래한 시라는 면에서 그렇다.

114) 시적 작업에 집중하는 시적 화자의 자세를 의미한다.

115) "농부"가 물질적 욕심이나 소유욕에 절어 있는 상태를 뜻한다.

116) "여름"은 과일이 무르익는 과정을 나타낸 환유법이다.

117) 우주의 진리를 인간의 지성이나 감각으로 파악할 수는 없다.

118) 이 과일들은 오르페우스의 변용이다.

119) 과일들은 삶과 죽음에 대해 생각해보게 하는 계기를 준다. 삶과 죽음의 순환을 말한다.

120) 미각을 새로운 말하기 방식으로 차용하고 있다. "입"은 미각을 느끼고 말을 하는 두 가지 기능을 가진 기관으로 언급된다. 두 가지는 긴밀하게 연관을 맺고 있다. 먹으며 맛보는 것 자체가 이미 하나의 언어 행위로 나타난다. "아이의 얼굴에서// 읽어라"에서 "읽어라"의 독일어는 'lesen'으로 이는 '읽다' 외에 '줍다'의 의미를 갖고 있다. '열매를 수확하다'라는 뜻으로도 쓸 수 있다. "아이의 얼굴"은 읽을 수 있는 책이나 열매를 주울 수 있는 들판이 된다. 어른이 아니라 "아이"인 것은 그만큼 순수함을 가진 존재로 아이를 보기 때문이다. 표정을 통한 맛의 전달에 왜곡이 없다. 맛은 아이의 얼굴에 언어로 표현된다. 아이의 얼굴에 적히는 과일의 맛과 그 언어를 통해 시인은 미각적인 것을 객관적으로 표현해낼 수 있다. "아이"라는 말은 언어의 순수성까지 내포한다. 언어의 순수성을 대변하는 낱말이 "아이"이다.

121) 과일의 맛과 향취를 말로 옮기는 것은 힘들다. "말할 수 없이(namenlos)"라는 표현은 릴케의 시에서 거의 50번이 넘게 등장한다.

122) "전에 말이 있었던 곳"은 혀와 입안을 말한다. 이제는 언어가 아닌 감각적 체험이 주가 된다.

123) 원문은 "Funde"로 '발견한 물건'을 뜻하나 맥락상 "보물"로 번역한다.

124) 시인은 언어를 통해 사과의 본질을 캐고 싶은 것이다. 이런 과정을 거쳐 한 개의 사과가 몸체가 되고 시가 된다.

125) 과일이 우리 입속에서 "삶과 죽음"에 대해서 말해주기 때문이다.

126) 과일을 맛보는 가운데 이승의 것(삶)의 승화 과정(죽음)이 전개된다.

"맑아지고", "깨어 있는"이라는 표현 그리고 "기쁨"으로의 전환이 이를
말해준다.

127) 이 시로부터 시작되는 세 편의 과일-시들은 서로 밀접한 관계에 있다.
이들 시의 배경이 된 것은 세잔과 파울라 모더존 베커의 정물화(「사과와
바나나가 있는 정물」)와, 인간의 모든 감각을 시 속에 복원하려는 릴케
자신의 노력이다. 이때 그는 삶과 죽음이라는 이원성의 문제를 미각과
결합시켜 보여준다.

128) 이번 소네트의 시적 화자 "우리"는 죽은 자들에 대해 성찰한다.

129) 원문의 '교감하다'에 해당하는 'umgehen'은 대상을 성찰하고 시적으로
승화하는 것을 의미한다.

130) "꽃, 포도 잎, 과일"은 먼저 "계절의 언어"를 한다. 이것은 우리에게
익숙한 생성과 소멸의 언어이다. 그러나 이들은 "계절의 언어만을 하는
것은 아니다". 이들은 다른 언어도 구사한다. 자신들의 생명과 관련된
언어 외에 이들은 지하의 죽은 자들의 전언도 말한다. 죽은 자들의
심정을 시적 언어로 표현하는 것이다.

131) 죽은 자들의 나라. 이 소네트는 삶과 죽음의 이중의 영역에 기반하고
있다. 죽은 자들은 시적 창조성을 높여준다. 시인은 이들 죽은 자들이
전해주는 산물, 즉 과일을 받아 든다.

132) 꽃, 포도 잎 그리고 과일의 색깔. 릴케의 시에서 과일은 시적 언어와
깊은 관련이 있다.

133) 지하에서 올라오는 무언의 메시지. 이는 뒤에 나오는 죽은 자들이
보내는 전언이다. 시인은 이들의 소식을 삶의 현장에서 전달하는
역할을 한다.

134) 죽은 자들의 노력의 산물인 과일을 살아 있는 사람들이 당연히
자신들의 것으로 요구하기 때문이다.

135) "자유로워진 골수"로 표현된 죽은 자들의 힘이 진흙에 생명력을
넣어준다. 죽은 자들의 묵묵한 힘은 시인에게는 시적 영감으로
작용한다.

136) 죽은 자들이 노예처럼 힘들여 거둔 자신들의 결실을 언어적으로
표현한 것이 과일이다.

137) 죽은 자들과 살아 있는 자들 사이의 관계의 문제는 확정되어 있지 않다.
다른 말로, 죽은 자들이 과일 만드는 일을 노예로서 하는 건지, 아니면
주인으로서 하는 것인지의 문제도 역시 열려 있는 상태다.

138) 시적 화자는 "죽은 자들"에게 "묵묵한 힘"을 부여한다. 이 힘은 시적
말하기 속에서 작동한다. "묵묵한 힘"은 죽은 자들을 대변하는 낱말로
타나토스를 말한다. 그리고 "입맞춤"은 에로스이다. 이 두 가지가
합쳐져 하나의 과일을 형성한다.

139) 춤을 추는 소녀들이 등장하여 이 소네트가 베라 오우카마 크노프에게
헌정된 것임을 알려준다. 1922년 2월 7일 릴케는 베라의 어머니
게르트루트 오우카마 크노프에게 『오르페우스에게 바치는 소네트』
1부의 필사본을 편지와 함께 보내며 이렇게 말한다. "사실 다른 일에
착수하려고 했던 며칠 동안, 이 소네트들이 나에게 주어졌습니다.
당신은 이 작품을 처음 대하는 순간, 왜 당신이 이 소네트들을
가장 먼저 소유해야 하는지 이해할 것입니다. 왜냐하면, 연관성이
희미해지기는 했지만(단 한 편의 소네트, 그것도 마지막에서 두 번째인
제24편만이 이 소네트를 바친 베라의 형상을 불러일으키지요), 베라와의
연관성은 전체의 흐름을 지배하고 움직이며 점점 더 깊이 스며들기
때문입니다. 나도 그것을 나중에 가서야 점차 은밀하게 깨닫게 되었죠.
이 멈출 수 없는, 나를 뒤흔드는 생성을 통해서." 여기의 "소녀들"은
현실의 무용수를 의미하기도 하며 나아가 이미 세상을 떠 지하에서
죽은 자들과 함께 있는 소녀들로 볼 수도 있다. 후자의 경우 소녀들은
지하에서 죽음을 과일로서 맛본다. 이들에게 시인은 그 죽음의 맛을
춤으로 표현해보라고 요구한다. 여기서 시인은 세상을 뜬 베라의
모습을 현재화하는 것이다. 춤추는 소녀를 다룬 소네트로는 2부의 첫
번째, 열여덟 번째, 스물여덟 번째 소네트가 있다. 주된 모티프는 두
가지다. 하나는 미각적인 것의 시각적 전환이고, 다른 하나는 죽음(죽은
무용수 베라)의 현재화이다.

140) 릴케의 대담한 공감각적인 상상력에 힘입어 미각이 청각적인 것과
시각적인 것으로 제시되고 있다. 과일에서는 죽은 자들의 향기가 난다.
결국 자연 풍경은 시인에게 영감의 근원이 된다.

141) 릴케는 1923년 5월 30일에 레오폴트 폰 슐뢰처에게 헌정한 책에
다음같이 쓴다. "이 소네트는 한 마리 개를 위해서 쓴 것입니다. '내
주인의 손'이라는 말로 오르페우스와의 관계는 이미 성립되었습니다.
여기서 오르페우스는 시인의 '주인'이지요. 시인이 오르페우스의
손을 잡고 가는 것은, 그 손이 무한한 관여와 헌신의 자세를 지닌 이
개까지도 축복해주기를 원하기 때문입니다. 개가 털가죽을 뒤집어쓴

까닭은, 에서의 경우처럼, 그의 마음속에서 그에게 주어지지 않은
유산, 즉 고난과 행복이 함께하는 전체 인간적인 것에 관여하기
위해서입니다." 창세기 27장에서 에서는 이삭과 리브가의 쌍둥이
아들 중 맏아들로 나온다. 그는 사냥을 좋아하고, 아버지 이삭에게
큰 사랑을 받는다. 가장 중요한 사건은 이삭의 축복을 받는 장면이다.
이삭은 나이가 들어 시력이 약해져 죽기 전에 맏아들 에서에게 축복을
주고 싶어 한다. 그러나 리브가는 이를 듣고 야곱이 에서인 척하게 하여
축복을 가로챈다. 에서는 이 사실을 알고 크게 분노한다. 이 사건은
이후 에서와 야곱의 관계에 큰 영향을 미치게 된다. 릴케는 시에서 개가
가죽을 뒤집어쓴 가짜 에서의 역할을 하는 것으로 본다. 개의 존재는
시인의 입장을 대변한다. 개는 죽은 자들의 존재를 냄새 맡는다. 시인은
삶과 죽음, 두 영역에 거처를 가져야 한다.

142) 개를 뜻한다.

143) 개가 고독한 이유가 구체적으로 언급되지 않은 것은 개가 겪는 고독이
한없이 광대하고 크기 때문이다. "나의 친구여"라는 표현처럼 시인은
개를 친구로 삼아 자신도 같은 입장임을 간접적으로 밝히고 있다.

144) 시인들을 말한다.

145) 시인이 모델로 삼고자 하는 언어는 오르페우스적 언어다. 시인이
처음에 배우는 언어는 관습적 언어이다. 시인은 이 통속의 세계를
시적인 언어로 승화시켜야 하는 사명을 갖는다. 관습에 빠져 위험해진
세계의 부분을 시적 언어로 되살려내야 하는 것이다. 통속의 세계는
죽음과 고통을 배제한 세계를 말한다. 오르페우스는 죽음의 세계를
아는 자이다. 그 때문에 시인으로서 삶의 왜곡을 극복할 수 있다.
시인에게는 삶과 죽음을 모두 포괄하는 세계의 전체성에 도달하기가
쉽지 않다.

146) 인간들은 언어를 통해서 세계를 해석하지만, 짐승들은 본능으로
세계를 느낀다.

147) 이 부분은 『말테의 수기』에 나오는 개 카발리어가 소녀 유령의 모습에
기뻐서 길길이 날뛴 장면과 관련이 있다.

148) "내 주인"은 시인의 입장에서 오르페우스를 말한다.

149) 손은 창조를 맡는다.

150) 한 가문의 뿌리를 나타내는 계통수를 다룬 소네트이다. 특히 이
소네트는 한 가문이 처음의 불명확하고 어지러운 단계로부터 시작하여

점차 세련되어져 가면서 맨 마지막에 가서는 예술가를 탄생시키는 과정을 그리고 있다. 이런 면에서 이 소네트는 릴케의 자전적인 측면을 보인다.

151) "샘"은 다함이 없는 생명의 원천이다. 이 시는 아래쪽에서 위를 향해 올라가는 수직적 서술로 진행된다. 1연의 "맨 밑에는"과 4연의 "높이"가 이를 증거한다. 그러나 이 움직임 속에서 또 하나의 움직임이 나타난다(주 152 참조). 일단 계통수의 묘사가 인류의 일반적 역사를 드러내듯 전개된다. 세 번에 걸친 점 3개로 이루어진 말줄임표는 구체적으로 언급되지 않은 내용을 상상에 맡긴다.

152) 가문에 사로잡힌 존재는 성장이 힘들다. 피의 얽매임 속에 있기 때문이다. 이것에서 벗어나는 방법은 현실을 초월하는 것이다.

153) 이런 자연적 성장을 넘어서는 것이 있다. 그것은 시적 상승이다. 그것을 시인은 "하나 있다! 오, 자라나라, 자라나라…"라고 주문한다. 이런 구속에서 자유로워진 예술적 성장은 정상까지 뻗친다.

154) 두 가지 움직임 중 하나는 꺾이고 하나는 높이 솟아 "리라"가 된다. 혼돈스러운 디오니소스적 세계로부터 아폴론의 정돈된 삶의 형식으로 발전해가는 것의 상징이 "리라"이다. 정상에는 오르페우스가 있다.

155) 여기의 "주"는 작품 맥락상 오르페우스를 지칭한다.

156) 이 소네트는 앞뒤의 세 소네트 중 중심을 형성한다. 앞 소네트에서는 뿌리가, 이번 소네트에서는 기계로 대변되는 지상이, 그리고 뒤 소네트에서는 구름의 형상으로 하늘이 등장하여 점층하는 구조를 보여준다. 시간상으로는 노인으로부터 새로운 것을 거쳐 "태곳적인 것"(1부, 19, 4행)으로 돌아가는 순환 구조를 나타낸다. 시인은 이런 기술적 변화의 시기에 시의 역할을 말한다. 시의 역할은 변함이 없다. 시로써 기술에 함몰된 세계를 극복하는 것이 관건이 된다. 오르페우스의 세계에서 기계가 차지하는 자리는 어디인가? 기술의 시대에 시와 기계는 어떻게 공존할 수 있는가? 시인은 이에 대해 성찰한다.

157) 이 "새로운 것"은 시인의 의식 속에서 일단은 적대적인 것으로 등장한다.

158) 청각적인 감지는 고요를 전제로 한다. "요란하게 울리며 진동하는 소리"가 고요와 대비된다.

159) 시적 화자는 신에게 새로운 것의 도래를 알리고 있다. 무엇보다 그것은

청각에의 호소로 이루어진다. "들리나요, 저 새로운 것의/ 요란하게
울리며 진동하는 소리가?" "새로운 것"의 존재는 무시할 수 없는 현실이
된 것이다. "포고자들"은 새로운 시인들을 말한다. 뒤에 나오는 "우리"는
시인들이면서 앞의 "포고자들"과는 구별된다. "우리"는 새로운 기계의
위협과 폐해를 감지하는 존재들이다.

160) 광란의 소음 속에서는 세내로 된 듣기가 불가능함을 비판하는 것으로
2연은 시작된다. 전혀 손상되지 않은 완벽한 듣기는 시 쓰기의 전제이나
이것이 광란의 소음으로 방해를 받고 있다. 이 소음은 존재의 모든
영역을 휘젓고 있다.

161) 기계라는 새로운 것의 존재 이질성에도 시인은 이를 시적 세계의
일부로 수용해야 한다. 그러나 시의 문면에서 이 시도는 실패한 것처럼
보인다. 시적 화자는 기술 세계에 대해 회의적 태도를 취하고 있다. 두
세계의 중재 가능성은 없는가? "그러나"로 7행에 이르러 기술 세계에
대한 비판이 칭송으로 전환된다. "그러나 기계의 부품들은/ 이제
칭송을 받고 싶어 합니다." 하지만 이 칭송에는 비아냥의 음조가 배어
있다. 이 칭송을 시인이 어떻게 수행해야 할지는 의문으로 남는다.
그럼에도 시인은 신과 새로운 것("기계")의 중개자가 되어야 한다.
종교적 언어를 쓰는 것은 신과 현실 사이를 중개하는 역할을 맡기
위함이다. 기계는 인간적 창조의 산물이므로 이를 무조건 비난만 하는
것은 시인이 할 일이 아니다.

162) 청각으로 온전하게 사태를 파악하는 것이 불가능하므로, 시인은 이번에
시각에 호소한다.

163) "뒹굴며 밀치고"는 기계가 지닌 잠재적인 파괴력을 표현한다. 기계의
본질은 사물을 물리적으로 일그러뜨리고 약하게 만드는 데 있다.
"뒹굴며"는 기계가 축을 중심으로 하여 돌아가는 것을 의인화한
표현이다.

164) "일그러뜨리고"라는 표현은 기계가 여태껏 시인들이 갖고 있던 위상을
뒤틀고 그들의 역할을 약화함을 뜻한다. 그것은 구체적으로는 기계의
소음으로 파생되는 창조적 고요의 파괴이다.

165) 이 부분은 『기도시집』 2부 「순례의 서」 중 "모든 게 다시 커지고 힘을
얻게 될 것입니다./ 땅은 소박해지고 물은 굽이쳐 흘러서/ 나무들은
거대해지고 담들은 아주 낮아질 것입니다."를 연상시킨다. 시인은
이 소네트에서 기술과 문학의 갈등 없는 병존을 꿈꾼다. 그러면서도

기계가 시인을 주인으로 섬기기를 바란다.

166) 이번 소네트는 앞의 소네트와 긴밀한 관계에 있다.

167) 덧없음을 표현하는 말이다.

168) 앞 소네트에서 등장했던 "새로운 것", "기계"의 존재를 연상시킨다.
세상이 아무리 바뀌어도 시의 존재는 영원하다.

169) "완성된 모든 것"은 시 쓰기 또는 시로 변용된 것으로서 "태곳적인
것"을 향해 돌아간다. 이곳은 오르페우스적인 것, 즉 모든 시적인 것의
원천이다. 원천으로 돌아가는 것은 완성이 있은 후의 일이다. 세계를
시적으로 마무리 짓는 것이다.

170) 이 "태곳적인 것"은 "변화"와 대비되는 긴장 관계에 있다. 결국에 시적
화자는 "새로운 것"의 다름을 인정하고 이것이 변화의 한 과정임을
인식한다. "태곳적인 것"의 존재가 시적 완성의 전제가 된다.

171) 이 구절에는 시적 공간에 대한 릴케의 구상이 들어 있다. 이 공간은
"세상"과 특별한 관계를 맺고 있다.

172) 여기의 "Vor-Gesang"은 두 가지 의미로 이해할 수 있다. 하나는
오르페우스가 인간들에 앞서서 태곳적에 노래를 불렀다는 것이고,
또 하나는 오르페우스가 우리 인간들 앞에서 모범적으로 노래를
부른다는 것이다. 이런 "앞선-노래"는 오르페우스의 노래로서 모든
시대적 상황에 영향을 받지 않으며("변화와 흐름을 넘어") 삶과 죽음의
존재의 전 영역을 포괄하는 능력을 간직한다.

173) "리라를 든 신"은 오르페우스를 지칭한다. 앞 연 마지막 행의 "태곳적인
것"과 맥락을 같이한다.

174) "고통"과 "사랑"은 시적 인식의 대상이다.

175) "고통"과 "사랑", "죽음"은 시적 인식의 상위 단계에 속한다. 눈에 보이지
않는 것에 대한 시적 인식이야말로 시인이 수행해야 할 과제이다.
오르페우스적인 시적 접근을 통해 이것들에 대한 진정한 인식에 도달할
수 있다고 시적 화자는 생각한다. 이것은 언어의 소박성과 종교적
겸허에 의해 수행된다. 이 종교성은 기존의 잘 알려진 신앙적 태도에서
벗어나는 새로운 자세이다.

176) 오르페우스의 노래는 "땅 위에 떠도는 노래"이다. 시는 "땅", 즉 세상을
초월한다. 노래는 성스러운 것으로 찬미된다. 오르페우스의 노래는
세상을 시적인 언어를 통해 시의 공간으로 이끌고자 한다.

177) 인간의 중요한 많은 비밀들이 풀리지 않았다 해도,

노래는 — 오르페우스의 노래이든, 아니면 그를 따르는 시인의
노래이든 — 구원의 신성한 기능을 갖고 있다.

178) 이 소네트는 1900년 릴케의 두 번째 러시아 여행의 체험을 형상화한
것이다. 1922년 2월 11일에 당시 그와 동행했던 루 안드레아스
살로메에게 보낸 편지에서 그는 다음같이 적고 있다. "방금 전에
(……) 나는 썼습니다, 아니 만들었습니다, 그 말을, 당신도 아시죠,
언젠가 저녁 무렵 볼가강 초원에서 밤에 말뚝을 매단 채 우리를 향해
달려왔던 그 자유롭고 행복한 백마를 — : 내가 그 말을 만들어낸
겁니다, 오르페우스에게 바치는 봉헌물로 말입니다! 시간이란
무엇인가요? — 현재란 언제를 말하는 건가요? 그 말은 그토록
오랜 세월을 뛰어넘어 충만된 행복을 가슴에 품고 나의 활짝 열린
느낌 안으로 달려왔어요." 오르페우스에게 바치는 봉헌물은 시인의
기억의 산물이다. 여기서는 러시아 여행 때 볼가강 초원에서 보았던
한 마리 백마가 봉헌물이다. 그 백마는 모든 구속을 떨친 해방과
자유의 표상이다. 릴케의 시에서 하나의 그림이 어떻게 의미 형상으로
익어가는지를 보여주는 좋은 예이다.

179) 오르페우스를 향해 시적 화자는 헌정 선물로 무엇이 좋을지 묻는다.
"주여, 당신께 무엇을 바칠까요?" 질문을 받은 오르페우스는 답을
하지 않고 시적 화자 스스로 이에 대한 답을 찾는 과정이 시의 내용을
형성한다. 결국 답을 찾는 과정은 시적 화자의 독백과 같다. "당신"은
시적 화자의 마음속에 있는 최고의 심급이다. 그리고 봉헌물로서의
"무엇"은 독자의 궁금증을 자아낸다. 여기의 "주"는 듣기, 즉 시(예술)의
거장이다. 그러나 그의 존재는 도달할 수도 없고 알아볼 수도 없다.
시인의 마음속에 존재할 뿐이다. 오르페우스라는 심급의 존재로 시인의
작품에는 위엄과 품위가 주어지게 된다.

180) "말하소서"라고 요구하지만 오르페우스는 대답이 없다. 이때 시적
화자의 회상이 등장한다. 시인이 깨달은 내용이 봉헌물이 된다. 회상은
『말테의 수기』에서도 시적 창조의 기본 요소로 등장한다. 여기서 그가
회상하는 것은 봄날 저녁, 러시아 그리고 한 마리 말이다. 릴케의 시적
성과는 오르페우스에게 바치는 봉헌물이다. 이것은 릴케의 시적 행위가
종교성에 바탕을 두고 있음을 방증해주는 사실이다.

181) 오르페우스의 노래가 삼라만상에 끼친 영향을 피조물들에게 귀를
열어주었다고 표현하고 있다. 이는 오비디우스의 『변신 이야기』에서

말한 대로이다. "오르페우스는 나무와 돌, 짐승들에게 그의 노래를 듣는
법을 가르쳤다."

182) 이 구절에 나타나는 것들이 시적 화자가 오르페우스에게 바치고자
하는 봉헌물이다. 이 봉헌물들은 13행까지 이어진다. 백마에 대한
기억은 그가 만든 것이다. 백마는 시를 통해 그리고 시 속에 영원히
살아남아 있다. 회상 자체가 시 속에서 하나의 이미지로서 존재의
새로운 차원을 획득한다. 밤은 해방적인 봄날을 품고 있다.

183) 말은 왜 들판으로 달려왔을까? 말은 오르페우스의 노래를 들었을까?

184) 말은 "혼자" 고독을 즐기며 자유로움을 맛보려 한다. 고독은 자유의
전제이다.

185) "용솟음치는 용기"는 원문의 "Übermut"를 살려서 번역했다. 방해물을
극복해내는 용기를 말한다.

186) 말의 몸에 와서 부딪치는 갈기가 달리는 음악으로 살아나고 있다.
갈기가 몸을 때리는 것이 마치 박자에 맞추어 종을 치는 듯한 모습을
연상시킨다. 시에서 말 울음소리를 직접적으로 언급하지는 않는다.

187) 릴케는 말뚝을 매단 채 자유를 찾아 초원으로 달려온 이 백마를
오르페우스에게 봉헌물로 바치고자 한다. 이런 자세는 『두이노의
비가』에서 시인이 천사를 향해 지상의 소박한 사물들에 대한 노래를
바치고자 한 것과 같다. 오르페우스에게 바치는 봉헌물로는 예술
작품이 가장 적격이다.

188) 듣고 노래 부르는 백마의 태도에서 말이 이제 오르페우스적 순환
속으로 들어가 있음을 알 수 있다. 즉 말이 오르페우스의 전령 역할을
하는 것이다. 이런 면에서 말은 이 작품에 나오는 아이, 소녀, 무용수,
개처럼 『오르페우스에게 바치는 소네트』를 끌어가는 매개체이다.

189) 백마에 대한 체험과 그 기억이 하나의 이미지로서, 예술 작품으로서
완성되어 품위를 갖추게 되었음을 뜻한다. 릴케가 젊은 시절
러시아에서 체험한 백마의 기억이 하나의 형상으로 굳어져, 하나의
선물이 되어 오르페우스에게 바치는 봉헌물이 된다. 그의 체험은
하나의 미적 체험이다.

190) 원주: "이 작은 봄노래는 내가 언젠가 스페인 남부의 론다에 있는
조그만 수녀원에서 아침 미사 때 어린 수녀들이 부르는 것을 들은
적 있는, 기묘하게 너울대던 음악에 대한 '해석'처럼 여겨집니다. 그
아이들은 언제나 춤 박자로 내가 알지 못하는 곡을 트라이앵글과

탬버린 반주에 맞추어 노래 불렀지요."(레오폴트 폰 슐뢰처에게 쓴 1923년
5월 30일 자 편지, Briefe 1921-1926, 99)

191) 이 시는 1부에서 특별한 위치를 가진다. 다른 소네트들과 달리
여기서는 릴케의 말대로 "밝디밝은 봄의 음조"가 지배한다. 이 시는
이른바 "감동의 물결 속에 빠져 있던 그날들"(1922년 2월 2일부터 5일
사이)에 생겨나지 않았나. 며칠 뒤인 2월 9일에 소네트 "오, 친구들아,
새로운 것은 이것이 아니다"를 대체해서 생성된 작품이다. 같은 날
릴케는 베라의 어머니 게르트루트 오우카마 크노프에게 이렇게 쓴다.
"부디 오늘 쓴 이 봄 동요로 바로 교체해주세요. 이 시는 전체적인
울림을 더 풍성하게 해주며, 대응물로서 백마 봉헌시와도 나쁘지 않게
어울립니다." "봄이 다시 찾아왔다."는 봄의 순환적 복귀를 말한다.
단순한 복귀가 아니라 아이가 되어 노닐면서 대지는 창조성을 발휘하며
노래로 자신을 표출하므로 일종의 발전적 전개이다. 궁극적으로 이
시는 변용을 노래한다. 헐벗고 추운 겨울을 지나 만물을 소생시키는
"봄"은 시인에겐 시적 창조의 모범이 된다. 봄은 대지가 잠에서 깨어나는
시기이다. 봄의 대지는 초보자, 즉 "아이"와 같다. 그러나 봄은 많은 시를
읊을 줄 안다.

192) "더디고 힘들었던/ 배움의 수고"와 엄격한 대지의 스승이 있었기에
변용이 가능한 것이다. "더디고 힘들었던/ 배움"은 대지의 배움
과정에서 가장 중요한 것으로 시간과의 관계를 보여준다. 이것은
서둘러 급히 끝내는 것이 아니라 인내심을 가지고 천천히 습득하는
것이다. 더디게 배우는 것은 깊이 성찰하는 것과 같은 맥락이다. 대지는
서두르는 법이 없다. 릴케는『로댕론』에서도 대지의 느린 과정을 예술적
완성의 모범으로 말한다. "실제로 로댕 안에는 (……) 조용하고 고귀한
참을성, 자연의 큰 인내와 자비 같은 것이 있다."『오르페우스에게
바치는 소네트』가 1922년 2월에 갑작스레 하나의 선물처럼 시인에게
다가온 것도 바로 인내의 결과이다. 이 시는 이를 칭송하고 있다.

193) 계절의 비유로 겨울의 흰 눈을 가리킨다. 봄과 겨울은 각각 삶과
죽음을 상징하며 이 두 가지의 통일은 오르페우스적 요소이다. 겨울의
어려움과 고난이 봄의 즐거운 노래로 바뀌는 것, 그것이 자연의
순환이다. 이것이 가능한 까닭은 "두 영역"(1부, 6)이 내적으로 연결되어
있으며 "비탄"과 "찬미"(1부, 8) 역시 내적으로 결합되어 있기 때문이다.
죽은 자들은 '뿌리들 곁에 잠들어 있다.'(1부, 14)

194) 시인은 대지를 노래 불러 시적으로 새롭게 하고자 한다.

195) 술래잡기 놀이를 연상케 한다.

196) 앞 소네트들의 기계에 대한 비판과 상반되게 이번 소네트에서는 대지를
칭송한다. 특히 대지는 자신이 가진 것의 소중함을 노래할 줄 아는
존재이다. 실제 대지는 봄이 되면 온갖 색깔과 소리로 환희를 표현한다.
대지는 이를 경험을 통해 터득한다. 그 내용은 "새로운 것", 즉 기계의
발흥과 대비되는 자연의 유기적 성장이다. 대지는 이를 표현하기 위해
언어 능력을 구사한다. 대지는 많은 시를 알고 있다. "뿌리와 힘겨운
긴 줄기에 새겨진 것들/ (……) 대지는 그것을 노래한다". 이 시는 봄을
언어로써 불러낸다. 망각은 새로운 창조를 위한 것으로 드러난다.

197) "우리"는 근대를 살아가는 동시대인들을 지칭하는 것으로 볼 수도
있지만, 전체 작품 맥락상 창조하는 시인들을 일컫는 것으로 보는
것이 타당하다. "우리"는 "말"(1부, 16)과 "이름"(1부, 5)을 다룬다.
또한 시적 화자는 이들을 "친구들"(1부, 10)이라고 부른다. 그러나 이
작품의 "우리"를 천편일률적으로 동일하게 시인으로 볼 수는 없다.
"재판관"(2부, 9)나 "사냥꾼"(2부, 11)으로도 나타나기 때문이다.

198) 첫 행의 "몰아치는 존재들"의 "Treibenden"과 "영원히 지속하는 것
속"의 "im immer Bleibenden"이 현대 문명의 속도 전쟁에 대한 상반적인
비유로 사용되고 압운상으로도 일치되어 두 가지가 뚜렷하게 대비되고
있다. 머무르는 것, 지속하는 것은 오르페우스적인 것이다.

199) "모든 서두름"은 "시간의 발걸음"을 암시한다. 시적인 시간은 일상의
시간 관계를 변화시킨다.

200) "소년들"은 성장해가는 시인들의 다른 이름이다. 그러나 이들의 단점은
너무 서두른다는 데 있다. 이 점을 개선해야 진정한 시인으로 나아갈 수
있다.

201) 원어는 "Mut"로 폭넓게 이해하면 '정신, 마음, 의지' 등을 의미한다.

202) 이 문장은 이 시의 대명제 격이다. 어떻게 부산함과 불안정을
극복하는가에 대한 답이다.

203) 평온을 찾는 것은 "몰아치는 존재들"이 아니라 "책"과 "꽃"이다. 마음속
불안에 시달리는 시인이 아니라 그가 창조해낸 언어의 산물인 "책"은
평온에 이른다. "꽃"은 땅속 지하의 죽은 자들의 평정을 먹고 자라
평온함을 안다. 이런 면에서 꽃은 완성된 작품과 같다.

204) 이 소네트는 나중에 추가된 작품이다. 1922년 3월 18일 자 게르트루트

오우카마 크노프에게 보낸 편지에서 릴케는 이 소네트를 1부에
포함해달라고 부탁한다.

205) 이 소네트는『오르페우스에게 바치는 소네트』전체의 테마와 반대되게
"비행"에 대한 릴케의 관심을 보여준다. "비행"의 의미를 시인은
철학적으로 새롭게 규정하고 있다.

206) "스스로 만족하여"라는 표현은 "비행"을 자체적이고 완전히 독립적인
존재 행위로 규정하는 것이다. 이런 자족적인 상태는 릴케의 문학에서
언제나 유토피아로 등장한다. 어떤 외부적인 간섭이나 유용성에서
벗어난 자체적 존재를 말한다.

207) 비행하는 자가 아니라, 땅에서 비행을 바라보는 자의 관점에서 시가
전개된다. "윤곽을 반짝이면서"는 이를 나타낸다. "기계"는 비행기이다.

208) "순수한 목적지"는 원문의 "ein reines Wohin"을 번역한 것이다.
비행이 현상적인 것이 아니라 어떤 초월적인 의미를 지닌다. 즉 실제의
비행이라기보다는 '진정한 존재를 향한 길의 모색'이라고 할 수 있다.
"순수한"이라는 낱말에서 그 목표를 구체적으로 표현할 수 없음이
드러난다.

209) 하늘로 비행을 함으로써 얻은 의도하지 않은 이득.

210) 독일어 필기체(쿠렌트체)로 작성한 이 원고에서 이 부분을 릴케는
"sein"이라는 라틴 활자체로 강조해놓고 있다.

211) 이 소네트는 현대의 기술 문명과 그것이 초래한 인간관계의 결핍을
비판하면서 인간과 신들이 우정을 나누었던 잃어버린 황금시대에
대한 비탄의 음조를 보여준다. 고대의 생활 방식과 현대의 생활
방식이 확연하게 대비된다. 현대는 초시간적 신들로부터도, 신들의
전통으로부터도 멀어진 시대이다. 이때 시인들은 무엇을 해야 하나,
그 사명을 논하는 것이 이 시의 테마이다. 무상성을 극복하는
오르페우스적 시 짓기가 등장한다.

212) 뒤에 등장하는 "위대한 신들"과의 "우정"이다.

213) "위대한 신들"은 자족적이라서 결코 외부로 무엇을 구애하거나 바라지
않는다. 프리드리히 횔덜린의 시「히페리온의 운명의 노래」를 연상케
한다. "그대들은 천상의 빛 속을 거닌다,/ 부드러운 바닥 밟으며, 환희에
찬 정령들이여!"

214) "우리가 엄격히 단련한 강철"은 현대의 기술 문명의 대표적 상징이다.
『기도시집』의 시「세상의 왕들은 늙었습니다」와 같은 맥락이다. "폭도는

왕관을 잘게 쪼개 돈을 만들고,/ 이 세상의 새로운 주인은/ 그것을
불에 달구어 저희 뜻에/ 투덜대며 따르는 기계를 만듭니다." 릴케의
시적 사유가 초기부터 후기까지 관류하고 있음을 알려주는 구절이다.

215) 스물두 번째, 스물세 번째 소네트의 예언적인 어조는 이 질문과 함께
의문 조로 돌아간다. 이제 시적 집중의 힘이 마비된 시대로 접어들었다.
인간과 신들의 거리감은 인간을 신들을 찾는 존재로 과거로 돌려놓고
이들을 묻는 이에서 구하는 이로 만들어놓고 있다. "아니면 갑자기
지도에서 찾아야 하는가?"

216) 신들은 우리에게서 죽은 자들을 앗아 가 우리가 죽음을 좀 더 가볍게
대할 수 있게 해준다. 그러나 신들이 없어 이런 죽은 자들과의 교류도
불가능해진다. 현대의 우리는 죽음의 상실로 삶의 완전성을 누리지
못하게 되는 것이다. 죽음과의 관계 상실은 우리 삶과 시의 의미를 더욱
심오하게 만들어주지 못한다. 반쪽짜리밖에 경험하지 못한 인간의
한계이다. 이 작품에서는 시와 삶을 죽음 쪽에서 규정짓는다. 삶의
눈으로 모든 것을 보지 않는 관점의 색다른 변화다.

217) 이 시에 묘사된 세계 속에서 신들은 더는 우리와 관계를 갖지 않는다.

218) 현대에 신들의 영향이 결여되어 있음은 우리가 교양을 통해서나
그리스의 "연회"와 로마의 "목욕"을 안다는 데서 나타난다. 신들과의
교류는 이제 없다.

219) 신들의 전령은 시의 전령이다. 우리는 조급함에 물들어 시의 전령을
무시하며 살아간다. 결국 신들로부터 멀어지게 되는 것이다.

220) 신들을 잃은 상태에서 인간들은 고독한 상태로 서로에게 의존할
수밖에 없다.

221) 빠른 속도에 물든 현대인의 의식을 비판하고 있다. 더욱 손쉽게
빨리 다다를 수 있다는 이점을 가진 "직선로"는 우리 인간들의 모든
상상력을 앗아 간다.

222) 신들에게 봉헌물을 바치는 제단의 불길을 말한다.

223) "망치들"은 기술과 기계를 상징한다. 릴케는 이 시에서 현대 문명을
비판한다. 그의 문명 비판의 핵심을 보여주는 1915년 11월 8일 자
편지에서 릴케는 이렇게 말하고 있다. "진보(……)는 그 자체에 사로잡힌
세계에서 사건이 되었고, 그 세계는 아무리 애써도 죽음과 신에 의해
처음부터 그리고 최종적으로 초월된다는 것을 잊었다." 신들은 시의
힘에 의해 더욱 오래 존속된다.

224) 이 마지막 구절은 이 시의 첫 구절에서 제기된 질문들에 대한 답이
　　　된다. 이때 우리에게 필요한 것은 시의 힘이다.

225) 원주: 베라에게. 역주: 베라는 릴케에게 시적 영감으로 작용한다.

226) 릴케는 뮌헨에서 베라의 무용 공연을 보고 무척 감동을 받았으나 이후
　　　그녀와 그 이상의 가까운 관계를 맺지는 않았다. "이름 모를 한 송이/
　　　꽃"은 아직 구체적으로 시인의 머릿속에서 하나의 추상적 개념으로
　　　형성되지 않았음을 뜻한다.

227) "그대"는 베라이다. 베라의 형상에서 릴케는 오르페우스의 시를 본다.
　　　시인은 베라를 삶과 죽음의 경계를 넘나드는 존재로 그린다. 그녀가
　　　흘린 피가 자연으로 화한다. 그녀의 존재는 꽃으로도 나타난다.
　　　오르페우스의 원형 전설의 기본 모티프인 변용이 이 시에서도 주를
　　　이룬다. 꽃은 생성과 사라짐, 산 자들과 죽은 자들의 이중 영역을
　　　기본적으로 거쳐 가는 존재이기 때문에 인간 베라를 대표적으로
　　　상징한다. 베라의 삶과 죽음 자체가 시인에게는 한 편의 시가 되는
　　　것이다. 그것이 "한 송이/ 꽃"이다.

228) 기억은 대상에 대한 시인의 인식 작업이다. 대상을 주관적으로
　　　내면화하여 대상의 본질을 파악하는 것이다. 대상을 자기 것으로 만든
　　　다음 그로써 대상을 알게 된다.

229) "그들"은 시를 쓰는 동료들이다.

230) 이제 드디어 시인은 그녀의 모습을 정리하여 새롭게 다른 이들에게
　　　알리고자 한다. 이제야 베라의 모습을 시로써 기록하게 된 것이다. 시인
　　　자신은 베라의 이야기처럼 감동적인 사연은 여태껏 시로 만들어지지
　　　않았다고 자신한다.

231) 베라는 세상을 뜬 여인으로 등장한다. 여인의 죽음이 삶에 대해
　　　성찰하는 시적 계기가 된다.

232) 베라는 "억누를 수 없는 외침"을 유발할 만큼 강렬한 인상을 주는 시적
　　　대상이다.

233) 부드러운 춤동작을 연상케 하는 표현이다.

234) "본디" "무희"였던 그녀는 육체적 예술의 정점에서 자신의 모든 것을
　　　예술에 바친다. 시간적인 젊음을 영원한 조형적 예술로 바꾸는 것이다.
　　　자신의 육체성을 바꾸고 예술만 남긴다. 시인은 여기서 춤이라는 예술
　　　장르의 특성에 대해 성찰하고 있다.

235) 심장이 영감과 성찰에 의해 변화된 것을 뜻한다.

236) 무희에게 병이 찾아와도 그녀만의 내면 공간은 변함이 없다.

237) 이 첫 번째 3행연은 잃어버린 자유가 어떻게 내면 공간에 다시
　　　생겨나는지를 보여준다.

238) 검은 피는 밀려들며 베라의 내적 힘을 증거한다.

239) 피가 꽃으로 화하는 시적 변용을 보여준다. 병이 찾아와도 그녀의
　　　내면은 자연 상태를 유지한다.

240) 베라의 병세가 호전과 악화를 거듭했음을 뜻한다. "어둠과 추락"은
　　　그림자의 힘과 그녀의 피의 밀려듦이 최고도에 달했음을 말한다.
　　　이것이 음악의 멜로디를 자꾸 중단시키는 것이다.

241) 베라의 형상이 꽃과 연결되어 있음을 나타낸다.

242) 오르페우스가 드나들 수 있는 "열린 문"이다. 1부 일곱 번째 소네트의
　　　"그는 영원한 심부름꾼,/ 죽은 자들의 문 안쪽까지 찬미의 열매/ 담긴
　　　접시를 여전히 들이밀고 있다."를 떠올리게 하는 구절이다.

243) 1부의 이 마지막 소네트와 함께 릴케는 첫 번째 소네트의 내용으로
　　　돌아간다. 오르페우스 전설을 그대로 수용한다. 무엇보다 오르페우스의
　　　죽음이 중심을 이룬다. 그러나 내면에 흐르는 메시지는 어떻게
　　　오르페우스의 노래가 끊기지 않고 이어지는가 하는 것이다.
　　　오르페우스가 죽어 사라짐으로써 오히려 그의 노래는 만천하에
　　　유려하게 울려 퍼진다. 죽음이 있어 오르페우스의 음악은 영원해졌다고
　　　할 수 있다. 죽은 뒤 오르페우스의 몸은 사라졌지만 그의 머리와
　　　리라는 전혀 손상을 입지 않고 헤브로스강을 거쳐 바다로 갔다고
　　　한다. 그러나 릴케는 이 소네트에서 이 자료를 바탕으로 그만의 새로운
　　　오르페우스상을 창조하고 있다.

244) "그대"는 오르페우스를 지칭한다.

245) "울리고 있는 이"의 원문은 "Ertöner"로 릴케가 만든 말이다. 그는
　　　접두어 "er"로써 소리를 울리는 행위를 강조하고 있다. 오르페우스는
　　　소리를 만들어내는 원천이다. 『두이노의 비가』「제1비가」의 끝부분에
　　　나오는 신화의 리노스와 같다. 시적 화자는 이 역할을 맡고 싶다.

246) 디오니소스를 섬기던 트라키아의 여인들, 일명 마이나스라고 한다.
　　　이들은 에우리디케가 죽은 뒤 오르페우스가 자신을 따르던 그들의
　　　사랑을 외면하고 소년들과의 사랑을 꾀한 데 대해서 분노를 느꼈다.

247) 음악의 질서로 마이나스들이 거칠게 질러대는 절규의 조야함을
　　　물리친다. 원문의 "übertönt"의 "über"는 이런 물리침의 의미를 갖는다.

시인의 조화로운 음악은 거친 절규를 누르고 세상에 아름다움을
가져온다. 이것은 시인의 시가 세상 곳곳에 널리 울려 퍼짐을 의미한다.

248) 주신 디오니소스의 무희들이 오르페우스를 갈기갈기 찢어서 죽였으나
놀랍게도 그의 리라와 그의 머리는 전혀 손상되지 않았다.

249) "심장"은 시적인 창조의 원천이자 중심이다.

250) "심장"만이 광기 어린 무희들의 돌팔매를 부드러운 음악으로 만들 수
있다. 무희들이 분노로 던진 돌멩이가 한 편의 시로 급변하는 장면이
이채롭다. 이것은 릴케만의 고유한 발상이다.

251) 오르페우스의 노래는 우리에게 전해지지 않지만, 그가 무희들에게
찢겨 죽임을 당했다는 사실로부터 그의 노래는 영생을 얻는다. 이는
2부 열세 번째 소네트의 "깨지며 울리는 유리잔이 되어라."라는 구절과
일맥상통한다.

252) 오르페우스의 노래는 여전히 우리에게 영향력을 행사하고 있다.

253) 시적 화자는 오르페우스를 닮으려 한다.

254) 이 시는 『오르페우스에게 바치는 소네트』 중 가장 마지막에 쓰인
작품이다(1922년 2월 23일). 이 소네트는 릴케의 말대로 "완전히 글자
그대로" 이해하면 된다. 여기에는 시인의 직접적인 체험이 삼중으로
반영되어 있다. (1) 행복한 삶의 과정으로서의 숨 들이쉬기와 내쉬기.
(2) 마찬가지로 생리적으로 파악된 인간의 말하기. (3) 시 쓰기 과정에서
일어나는 자아와 우주 공간의 교류. 숨을 쉰다는 것은 언어 행위의
기본이다. 따라서 "보이지 않는 시"는 노래가 된다. 이 호흡 자체가
오르페우스의 형상이라 할 것이다. 시적 화자는 이 숨쉬기에 기초하여
시를 시작하고 전개한다. 이 소네트는 시가 창작되는 과정을 보여주는
메타시이다.

255) 1921년 7월에 릴케는 한 소녀에게 쓴 편지에서 이렇게 말한다. "이것은
글쓰기가 아니라, 펜을 통해 숨 쉬는 것입니다." 시인은 호흡 자체를
하나의 시 쓰기 행위로 본다. 언어는 호흡 행위라는 데서 연유하는
발상이다. "숨쉬기"라는 육체적 현상이 "시"와 동일시됨으로써 하나의
예술품이 된다.

256) 시인은 시를 쓰는 것이 우주와의 호흡 교환과 같다고 생각한다. 시인의
시 쓰기는 우주와의 소통인 것이다. 그것을 시인은 상징적으로 호흡
행위에서 보고 있다. "숨쉬기"가 시적 화자의 대상이다. "숨쉬기"는 이어
여러 가지로 변형되어 나온다.

257) "나는/ 균형을 이루며 율동 있게 움직인다." "율동 있게 움직인다"라는
표현에서 보면, 시를 쓰는 것은 자신의 본질을 우주로 내보내는 실존적
변용이다. 우주와 나는 저울의 추처럼 양쪽에서 균형을 이룬다.

258) "나의 존재"와 "우주 공간" 사이에 "물결"이 있다. "나의 존재"는
"물결"이 되어 세계를 향한다. "물결"의 구체적 표현은 들숨과 날숨의
"숨쉬기"이다. 이 "물결"이 점차 언어적 발견을 향해 나아간다.
"물결"은 새로운 공간의 체험과 같다. 시인의 존재는 경계를 넘어 계속
확장하고자 한다.

259) 시인은 "물결"에 집중함으로써 자신의 잠재력이 "바다"로까지 커지는
것을 느낀다. "물결" 하나면 자신을 표현하는 데 족하다. 물결 하나에서
출발해서 시인은 보편성을 지향한다. 이 구절은 시적 동화의 과정을
보여준다. 시적 화자는 자아 성찰과 함께 늘 확장과 생성 중에 있다.

260) 여기의 "알뜰한 그대"는 오르페우스적 숨쉬기뿐만 아니라 시적 화자
자신을 지칭한다.

261) "공간의 확보"는 시인이 예리한 시적 재능을 펼침으로써 가능하다. 이는
자신의 존재나 삶의 의미를 우주 공간 안에서 찾으려는 시적 화자의
의도를 반영한다. 이 행위에는 시인 자신뿐만 아니라 그의 선배들도
일조한다. 상징적으로 "공간의 확보"는 선대의 문학적 성과에 발을 딛는
것을 뜻한다.

262) 시적 화자 자신이 기억하는 "자리들", 그것들에 대한 기억이 진정한
"공간의 확보"의 전제가 된다. 또한 집중이 중요하다. 시인의 호흡이
들어가고 나가는 것을 연상케 한다. 호흡은 문학사적 공간과 관련된다.

263) 앞에서 나온 "숨쉬기"의 변형이다.

264) "공기"는 오르페우스의 분신이다.

265) "장소들"은 시인이 쓰는 작품들을 암시한다.

266) 우리 인간은 매 순간 변하며 우주와 소통한다. 이제 시인은 앞으로의
창작과 관련하여 말하고 있다. 지금까지의 노력의 결과가 앞으로의
창작의 산물을 알려준다. 그것은 바로 "공간"을 시적으로 관철하는 데
있다. "공기"를 자신의 장소로 채울 때가 언젠가 다가올 것이다.

267) "나의 말"이라는 표현처럼 시적 화자의 궁극적 목표는 자기 고유의
언어를 만드는 데 있다.

268) 공기는 시인의 말의 옷을 갈아입혀 그의 말이 "보이지 않는" 나무로
소생하게 한다. 1부 첫 번째 소네트의 "오 귓속의 우람한 나무여!" 참조.

269) "서둘러 다가간"은 예술적 열정을 말한다.

270) "서둘러 다가간/ 종이"는 예술적 영감을 상징하는 것으로 이 영감은
"가끔"이라는 시어처럼 "대가"의 손길을 통해 더욱 드높여질 수 있다.

271) "받아내듯"은 대가의 예술 작업을 의미한다. 여기에는 성찰의 의미까지
담겨 있다. 대가의 성찰을 통해 "참된 한 획"이 그려진다. 시인이나
화가의 스케치북은 영감에 찬 창조를 받아주는 매개체이다. 시인은
거울을 이런 스케치북에 비유하고 있다. 거울은 완벽한 영상이
그려질 때까지 외부의 것을 받아들인다. 종이는 오르페우스에게 귀를
기울이는 나무와 같다.

272) 릴케의 "거울"은 예술과 긴밀한 관련을 맺고 있다. 「제1비가」에서
천사들을 "거울"로 규정한 것도 같은 맥락이다.

273) 무상하게 스치는 순간적인 미소를 "신성하게 유일한 미소"라 칭한다.

274) 거울을 바라보는 소녀들의 모습을 절실하게 그려내기 위해 시인은
화가의 붓질과 화폭의 이미지를 비유적으로 쓰고 있다. 거울은
한순간의 미소를 담아 보여주면서 "소녀"의 "신성하게 유일한 미소"를
통해 우리에게 다른 현실의 존재를 증거해준다.

275) 소녀들이 마음속 성찰을 통해 자유로운 시작을 하는 것을 '아침을
만드는 것'으로 표현하고 있다. 릴케는 "den Morgen erproben"을
자기만의 방식으로 이해하여 사용하고 있다. 소녀들은 거울을 보며
자신만의 아침을 속으로 그린다. 거울은 성찰의 매체이다. 그들이
진정으로 깨달을 때 아침은 진정한 아침이 된다. 거울은 뭔가를
인식하는 매체로서 주관적인 것을 떠나 완전히 객관적이며 즉물적인,
역사에서 벗어난 예술의 세계를 나타낸다. 거울에 비치는 모습은
성찰의 기본이다.

276) "홀로"는 소녀들이 외부, 이를테면 남자를 향하지 않고 완전히 자기
자신 속에 침잠해 있는 상태를 말한다. 예술 작품의 자족적 상황과
같다.

277) 예술 작품이 주는 행복감에 취하는 것을 뜻한다.

278) 예술적 현실의 깨달음의 순간은 부정적 체험으로 금세 흐려진다.
소녀들이 자신들의 진정한 얼굴을 깨닫는 순간, 그것은 사라지고
"나중에는" 미소의 "반영" 하나만 "남는다".

279) "눈"은 사라지는 것을 담아두지 못한다. 눈은 시인에게 무상과 상실의
문제를 풀 수 있는 수단이 되지 못한다. 눈은 보기는 하지만 대상을

잡아두지는 못한다.

280) 보통의 인간들의 경우는 모든 존재의 표현이 공간을 관통하여 다시는
되돌아오지 않는다. 인간에게 "사라진 삶의 눈빛들"과 상실은 늘상
있다.

281) "상실" 없이 대상을 구현하는 것이 대가다운 자세이다. 그러나 누가
그렇게 할 수 있는가? "대지의 상실을 아는 이 누구인가?" 이런 능력을
가진 이는 유일하게 오르페우스뿐이다. 무상함을 다루는 것이 시인의
본래 과제이다. 시인은 자신의 신인 오르페우스와의 간극을 극복하고
싶어 한다.(2부, 27, 1행 "파괴적인 시간은 정말 존재하는가?" 참고)

282) "눈"은 한계를 지니지만, "전체로 태어난 마음"은 상실을 극복하며
지속한다.

283) 릴케는 진정한 예술 창작에서 느끼는 깨달음("미소")을 표현하기 위해
여러 가지 비유를 통해 생각을 전개하고 있다. 「제5비가」에서 곡예사
소년이 어머니를 바라보며 자기도 모르게 짓는 "미소"처럼 이는 예술적
창조의 정수와 동일하다.

284) 거울의 본질을 "알면서", 즉 성공적으로 묘사한 이는 아직 아무도 없다.
이 소네트는 바로 이것을 수행해보겠다고 하는 것이다.

285) "온통 구멍들로 채워진 듯한"은 역설적인 표현으로, 채움과 비움이
하나로 나오지만 실제로는 거울이 완전히 텅 비어 있음을 뜻한다.
비움은 거울의 채움을 위한 전제이다.

286) 거울과 시간의 관계: 거울 속에 단순히 시간이 탈락되어 있지는
않다. 오히려 시간에 어떤 내적 공간성이 부여된다. 즉 그것이 바로
"틈새들"이다. 이것들이 거울을 가득 채우고 있으며, 외부에서 일어나는
모든 현실적인 것이 이 틈새기들 사이로 통과한다. 거울은 "시간의
틈새들"로서 사라지는 무상한 것들을 수용할 준비가 되어 있다.
시간성을 지닌 사물이 거울이라는 공간을 통과하면서 시간에서
벗어난다. "시간의 틈새"가 릴케가 거울을 보며 생각해낸 최상의
규정이다. 이 "시간의 틈새"를 채우는 것은 무엇인가? "온통 구멍들"은
"시간"을 거르는 역할을 한다. 이 틈새를 통과할 수 없는 것들은 밖에
머물고 안으로 들어가 영속하지 못한다.

287) "텅 빈 홀"에 걸려 있는 "거울들"은 그곳의 사물들을 마음껏 쓰며
누린다. 이 면에서 "낭비자들"이다.

288) "어스름"과 "숲"은 거울 속에서 전개되는 이야기 무대의 출발점이다.

“어스름”은 시간적인 요소로 거울은 시간적인 것마저 공간적인 것으로
변용할 수 있다.

289) 주문장의 주어는 “샹들리에”이다. 샹들리에가 홀에 있는 거울들에
비치는 장면을 “열여섯 개 뿔 달린 사슴”이 “들어갈 수 없는 공간”을
지나간다고 표현하고 있다. 거울 속으로 실제 들어가는 것은
불가능하지만 비치는 것은 가능하다. 거울은 홀에 있는 사물들을
마음껏 받아들인다. 거울은 시의 공간이 되기도 한다. 이렇게 보면
본질상 거울은 시인의 영혼과 같다.

290) 거울이 그림들로 가득 차는 일은 “가끔”이다.

291) 거울은 여기서 시적인 역할을 하는 것으로 규정된다. 어떤 것은 택하고
어떤 것은 버린다. 스쳐 지나가는 그림들은 거울에 자리를 잡을 수
없다.

292) 이 구절에서는 “그러나”가 아주 중요한 역할을 한다. “다른 그림들”은
거울이 거부하지만, “가장 아름다운 소녀는 머물 것이다 — ”,라고
시적 화자는 말한다. ‘머물 것이다’라는 말에 방점이 찍힌다. “몇몇
그림”은 남고, “다른 그림들”은 거부되는데, 가장 오래 머무는 것은
“가장 아름다운 소녀”이다. 이렇게 머무는 것은 “까지”라는 시어의
제한을 받는다. 영원히 아름다울 수는 없다는 뜻이다. 영원한 것은
없다. 지속은 사라짐을 전제로 하고, 사라짐은 지속을 전제로 한다.
오르페우스적 영속의 개념은 이렇다. 이것이 가능한 것은 거울이
“시간의 틈새”로 작용하기 때문이다. 릴케는 “머무름 속에 스스로를
가둔 것은 이미 굳어버린 것;”(2부, 12, 5행)이라고 말하며 궁극적 지속을
멀리한다.

293) “그 너머”는 들어갈 수 없는 거울의 존재를 말한다.

294) “나르시스”는 오르페우스적 순환을 성취하는 존재다. 그의 아름다움은
거울을 거쳐서 다시 그에게로 돌아간다. 다시 말해 공간 속에서
사라지지 않는다. “맑게 풀린”이라는 말 역시 그가 오르페우스적
존재를 실현하고 있음을 보여준다.

295) 마지막 연에 들어서면서 돈호법이 사라지고 상황에 대한 묘사가
이어진다. 가장 아름다운 존재로서 소녀가 등장하고, 또 하나
나르시스가 나타난다. 아름다운 존재와 나르시스가 거울의 본질을
구성하는 것으로 보인다. 이것은 거울이 갖는 변용의 능력을 알려주는
것이다. 거울이라는 공간 속에서 “가장 아름다운 소녀”와 나르시스의

비밀스러운 결합이 이루어진다. 이러한 결합은 거울 밖에서는 불가능한 것이다. 나르시스의 아름다움이 소녀에게 스미면서 그녀의 존재는 더욱 완벽해진다. 둘의 만남은 치명적이며 가히 오르페우스적 조우이다.

296) 원주: 일각수는 중세 때 늘 칭송되던 처녀성의 의미를 오래 지녀왔다. 그러므로 속인들에게는 존재하지 않는 존재인 이 짐승은 처녀가 그에게 보여주고 있는 "은거울" 속에(15세기의 벽걸이 양탄자 '여인과 일각수' 참고), 그리고 마찬가지로 순수하고 비밀스러운 두 번째 거울인 "그녀의 마음속에" 나타나는 순간 존재한다고 한다.

297) 릴케는 "증명되지 않은 것, 손으로 잡을 수 없는 것에 대한 모든 사랑, 우리의 감정이 수백 년에 걸쳐 만들어내 들어 올린 것의 가치와 현실에 대한 모든 믿음"(1923년 6월 1일 자 지초 백작 부인에게 보낸 편지)을 일각수를 통해 칭송한다. 이번 소네트에서 일각수 자체는 직접 이름이 언급되지 않고 그 속성만 등장한다. 독자의 상상력을 극대화하는 방식이다. 릴케는 클뤼니 중세 미술관의 벽걸이 양탄자 '여인과 일각수'에서 이 시의 영감을 받았다.

298) "그들"은 이 시에서 누구인지 명시되어 있지 않다. 그러나 이 소네트 속에 나오는 행위를 미루어 짐작해볼 수 있다. "그들"은 이 짐승이 존재하기를 바란다. "그들"은 숫처녀들을 지칭한다. 숫처녀들은 세상에 존재하지 않는 짐승인 "일각수"를 사랑했다. 존재하지 않는 그 짐승이 어떻게 실제로 존재하게 되었는지 소네트는 그 모순된 비밀을 풀어준다.

299) "순수한/ 짐승"이란 일각수가 모든 목적에서 해방되어 있음을 뜻한다. 즉 일각수는 아름다울 뿐이며 그 자체만을 위해 존재한다.

300) "존재할 가능성만으로" 키울 수 있는 짐승은 상상의 동물을 뜻한다. 유럽에서 이렇게 키우는 전설 속의 짐승은 "일각수"이다.

301) "뿔 하나"는 앞에서부터 전개되어온 창조적 과정의 소산물이다. 대상이 없음을 알고도 가능성 하나만을 믿고 사랑으로 키워낸 산물이다. 결국 이로써 사랑의 대상이 예술로서 창조되며("순수한/ 짐승"), 이 짐승의 특징은 하나의 뿔에 집중되어 있다. 이 뿔은 사랑의 소산인 것이다.

302) 중세에는 금속 거울을 사용했다.『오르페우스에게 바치는 소네트』에서 일각수는 "거울" 속에 존재한다. 앞의 두 소네트에서는 거울 속의 "소녀들", 거울 속의 "나르시스"가 나왔고, 이번 소네트에서는 "은거울" 속의 "일각수"가 등장한다.

303) 이 소네트와 더불어 세 편의 꽃 시가 시작된다. 시인으로서 자신의

실존적 경험에 비추어 아네모네가 갖는 비유적인 의미에 대해 릴케는
1914년 6월 26일 자 루 안드레아스 살로메에게 쓴 편지에서 다음같이
말한다. "나는 언젠가 로마의 한 정원에서 보았던 작은 아네모네
같군요. 그 아네모네는 하루 종일 활짝 피어 있어 밤이 되어도 닫힐
줄을 몰랐지요. 어두운 초원에서 몸을 활짝 열어젖힌 채, 활짝 열린
꽃받침 속으로 결고 나함이 없는 많은 밤을 세속해서 받아들이며
그렇게 머리에 이고 서 있는 그 꽃을 보는 것은 끔찍했습니다. (……)
나도 그처럼 무자비할 정도로 밖으로 열려 있습니다." 이 편지는 이
시의 시작점을 이룬다. 시인은 외부 세계를 향해 자신을 열어놓고 있다.

304) 근육을 가진 아네모네는 그 모양새와 그 언어로 세계와 창조적으로
교류하는 시적인 심급으로 이상적인 시인의 모습을 구현한다. 빛을
청각적으로 전환하여 받아들이는 데서 아네모네의 시인다운 면모를 볼
수 있다.

305) 열려 있음에 대한 칭송이다.

306) 릴케가 관찰한 꽃은 저녁이 되어도 꽃잎을 닫는 것을 잊어 밤새도록
먼 우주 공간으로부터 쏟아지는 모든 인상에 그대로 노출되어 있다.
이렇게 모든 것을 받아들이는 개방성은 오르페우스적인 창조적 수용의
한 형태이다. 시인은 꽃을 보며 그것을 함께 겪어내고 있다.

307) "꽃의 근육"이 시의 주체이다. 아네모네의 집중력은 온갖 세계의
쇄도에도 맞설 수 있다.

308) "우리"는 인간들이자 시인들이다. 인간들은 폭력성에 휘둘린다.
인간들은 순수성을 상실했다.

309) 이 소네트에서는 꽃을 아주 긍정적인 존재로 그리고 있다. 이것은
폭력적인 관습과 이데올로기에 젖어 있는 인간들의 존재 상황과
비교됨으로써 더욱 강화된다. 이런 존재 상황에서 벗어나 자연과의
진정한 연결을 이루기 위해서는 결단과 힘이 필요하다.

310) 원주: 고대의 장미는 소박하게 생긴 '에글란티네'로서 불꽃에서 볼 수
있는 붉은 빛깔과 노란 빛깔이었다. 이 꽃이 이곳 발레의 정원마다 피어
있다.

311) 이제 거울 소네트에서 꽃 소네트로 계속해서 전개된다. 이 여섯 번째
소네트는 세 편의 꽃 소네트 중 가운데에 위치한다. 먼저 아네모네
소네트, 이어 장미 소네트, 그리고 마지막에 가서 꽃 일반을 다룬
소네트가 이어진다.

312) "장미여, 너 군림하는 존재여, 고대 사람들에겐/ 너는 소박한
가장자리를 가진 잔 모양이었지." 여기서 시적 화자는 "우리"로
대변되는 현재와 "고대"의 장미를 대비해서 보여주고 있다. 현대라고는
하지만 이 기간은 3연에서 나오듯이 수 세기에 달한다. 고대의 장미는
단순한 가장자리를 가진 잔 모양이었다. 고대의 장미는 집에서
재배된 현대의 장미와 달리 들장미 형태를 가졌다. 하나의 홑잎으로
된 모양새이고, 이 대척되는 지점에 수없이 많은 꽃잎을 가진 현대의
장미가 있다. 이는 일정한 양을 담는, 다함이 있는 "잔"과는 극명한
대비를 이룬다.

313) 수많은 꽃잎을 가진 현대의 장미를 긍정적으로 평한다.

314) 장미의 몸은 수많은 꽃잎으로 에워싸여 있다. 사실 그 몸은 텅 비어
있다. 그래서 "빛으로만 된/ 몸"이라고 표현하고 있다. 소재가 없는
시각적 모양새이다.

315) 각개의 꽃잎은 자체로서 존재하고자 하며 하나의 옷의 역할을
거부하는 것 같다. 실제 장미에게서 몸과 옷을 구별하고 나누는
것이 불가능함을 표현하는 것이다. 꽃잎 자체가 사실 몸이기도 하기
때문이다. 시각적인 것의 묘사로는 장미의 본질을 파악할 수 없다고
시적 화자는 판단한 듯하다. 모양새로 판단하기 힘들어 시인은 이제
다른 쪽으로 눈길을 돌린다.

316) 시인은 이제 후각을 통해 장미를 그려보려 한다. 후각 자체가 하나의
언어 행위로 나타난다. 향기와 언어가 서로 연결되며, 장미의 향기가
이름을 불러일으킨다. 저 너머 신비의 공간으로부터 이곳으로,
그것도 "가장 달콤한 이름을" 장미의 향기가 불러일으킨다는 말이다.
이런 일은 수 세기에 걸쳐 일어난다. 현재 속에서 향기가 찬미의
공간으로 넘어가는 것이다. 그렇다면 누구의 말을 가져오는가? 바로
오르페우스의 말이다. "문득 그 이름 명성처럼 공기 속에 퍼진다."

317) "그럼에도 우리는 그 이름 몰라, 추측만 할 뿐…" 오르페우스가 전하는
말은 분명하게 인식할 수 없다. 장미가 꽃을 피우고 향기를 퍼뜨리는
것 자체가 오르페우스의 목소리이다. 그러나 그의 목소리를 분명하게
알아듣고 그것을 언어로 옮기는 일은 거의 불가능하다.

318) 향기는 언어로 부를 수는 없지만 기억을 통해 다시 불러올 수 있는
존재로 남는다. 오르페우스의 노래는 고정되어 있지 않다.

319) 세 편의 꽃 소네트의 마지막 작품이다. 문법적으로 단 한 개의 문장으로

된 시이다. 소녀들이 정원 식탁 위에 놓인 화병에 꽃을 꽂는 일상적
과정이 시의 내용이다.

320） 죽음의 고비에서 꽃들은 먼저 소녀들의 손길과 접촉하고, 이어 화병의
서늘한 물을 맞이한다.

321） “온기를 참회처럼”, “우울하고 지친 죄처럼” 내뿜는 것은 종교적
비유이다. “온기”는 에로틱한 기운을 뜻한다.

322） “저질러진 죄”는 사람들이 꽃을 꺾어서 자신들의 목적에 사용하는 것을
말한다. 꽃은 원래 그 자체로 존재해야 하는데, 목적성을 띤 이러한
행동의 희생물이 되는 것 역시 “죄”가 되는 것이다. 상처 입은 존재로서
갖는 어쩔 수 없는 “죄”이다. 그러나 꽃은 꺾여 화병에 꽂힘으로써
새로운 예술적 존재로 재탄생한다. 이 소네트의 꽃과 소녀, 꽃병 등은
예술 창작에 대한 다양한 상징으로 기능한다. 꽃병을 매개로 하여 꽃과
소녀는 주고받는 교류의 관계를 맺는다. 꽃은 소녀들의 손을 통해 얻은
온기를 간직했다가 다시 내보내고, 이것이 소녀들과 꽃의 상호 관계로
서술된다. “꺾여서 저질러진 죄”는 꽃을 꺾는 주체나 꺾이는 객체를
한꺼번에 표현한 것이다.

323） “너희”와 “우리”가 두드러지며, 소네트의 무대를 형성한다.
등장인물들이 어린 시절의 놀이친구들로 국한되어 다른 소네트들과
분명하게 구별되는 작품이다.

324） 원주: 오직 두루마리를 통해서만 말하는 (그림 속의) 어린양.

325） “오직 두루마리를 통해서만 말하는 (그림 속의) 어린양”은 「요한계시록」
5장에 나오는 말이다. 아이들은 오히려 침묵 속에서 생산적이며
한마음이 된다. 이때 아이들은 시인의 길로 접어드는 존재로 여겨진다.

326） “그것”은 “두루마리” 종이를 지칭한다.

327） 침묵으로 말하는 것은 표가 나지 않고, 암묵적인 합의에 의한 것이다.

328） “우리”라는 말로써 시적 화자는 어린 시절 동무들과의 동질감을
표현하고 있다.

329） 뒤에 헌정사에 등장하는 에곤 폰 릴케의 이른 죽음을 암시한다.

330） 에곤 폰 릴케(1873~1880). 릴케의 사촌. 1873년에 귀족 칭호를 받은
삼촌 야로슬라브 폰 릴케의 막내아들로 일곱 살의 나이로 죽었다.
릴케가 어머니에게 보낸 1924년 1월 24일 자 편지에 그에 대한
이야기가 있다. “저는 자주 그를 생각하곤 해요. 그때마다 제 기억 속에
말할 수 없이 감동적으로 남아 있는 그의 모습이 떠오릅니다. (……)

그는 이미 『말테의 수기』에서 어려서 죽은 어린 에릭 브라에의 모델이
되기도 했지만, 이제 덧없음을 노래하는 여덟 번째 소네트에서 그를
다시 불러냈어요."

331) 『오르페우스에게 바치는 소네트』에서 처음으로 등장하는 이
"재판관들"은 최후의 심판을 연상케 한다. 그러나 이 시는 기독교의
찬송가 전통이나 미덕에 대한 가벼운 이야기가 아니다.

332) 시적 화자는 "재판관들"을 향해 자신의 생각을 밝히고 있다. 여기의
시적 화자는 '나'이면서 시인들의 작은 집단체이다. 화자는 "재판관들"과
자신을 구분한다. 시적 화자는 뭔가 다른 것을 주장하기 위해
"재판관들"의 허세를 비판하고 있다.

333) 여기의 "마음"은 우리가 보통 서정시에서 만나는 동정과 연민을
위한 기관이 아니고 하나의 가정적 상황을 말하기 위해 제시되고
있다. 즉 여기의 "마음"은 단단한 시적인 기관이다. 그만큼 "문처럼
열린, 순수하고/ 드높은 마음"처럼 "마음"을 수식하는 형용사가 많이
등장한다. 이곳의 '나'와 '우리'는 "마음"의 변화에 관심을 두지만, 저쪽의
'재판관들'은 온유함에 젖어 통찰력이 없다. 온유함만을 강조할 것이
아니라 진정으로 우리에게 필요한 것이 무엇인지 깨달아야 한다는
뜻이다. "어떤 마음도 고양되지 않았다"는 진정한 깨달음이 없다는
말이다.

334) 진정으로 필요한 것은 겉만 번드르르한 "강요된 자비"가 아니라 내적
깨달음이다. 여기서 시적 화자는 "재판관들" 위에 선다. 이것은 시가
전개되면서 증명된다.

335) 인류가 성취했다고 여기며 자랑하는 것은 결국엔 순환적 발전의 한
단계에 지나지 않는다. 결국은 반복된다. 부정적 발전에 대한 비난이다.
이런 시대에는 시적으로 표현하는 마음의 발현도 쉽지 않다. 그 까닭은
이것을 시현하는 신을 향해 사람들의 마음이 열려 있지 않기 때문이다.

336) 인간들이 근세까지 오면서 얻어낸 휴머니즘의 거짓됨을 비판하면서,
릴케는 진정한 자비는 신으로부터 나와 인간의 마음속으로 스민다고
말한다. 여기서 사이비 자비와 진정한 자비가 구분되고 있다. 그것을
재판 조직의 예에서 보여주고 있다. 진정한 자비는 주변의 사람들에게
무언가를 요구하지 않고 오히려 커다란 자유를 보장해주는 데 있다.

337) "바람"은 오르페우스의 속성 중의 하나로, 오르페우스의 자유로운
흐름과 편재를 뜻한다. 진정한 신은 노래의 신이자 예술의 신이다. 이

시는 역사적 현실의 병폐와 시적 진실의 소중함을 말하고 있다. 그런 신이 강림하기가 쉽지 않음을 접속법 2식으로 가정하여 말하고 있다.

338) "무수한 짝짓기로 태어난, (……) 아이"는 그가 아주 드높은 가문 혈통임을 말해준다. "말없이 노는 아이"의 이미지를 통해서 순수함과 경건함을 강조하고 있다.

339) 자비의 신은 아주 조용하게 찾아온다. 릴케는 암시적인 표현 방식을 통해 신의 강림의 비밀을 드러내기보다는 감추고 있다. 자비는 강요된 것이어서는 안 된다.

340) 시적인 전통, 어법, 주제와 형식 등을 말한다.

341) 기계가 창조적인 것 쪽에 머물려 한다는 의미다. 실제 기계는 오르페우스를 찢어발겨 죽인 마이나스와 같은 부류로 시적인 원형을 파괴하는 상징이다.

342) 글을 쓰는 손을 암시한다.

343) 이 시는 처음부터 기계가 인간, 특히 시인에게 얼마나 위협이 되는지 설파한다. 기계는 여러 가지 건축을 꾀하며 모습을 바꾼다. 기계가 현재를 안에서부터 원격조종한다. 반면 기계의 존재는 문학적, 전설적 존재의 가치를 더욱 두드러지게 한다.

344) '시인의 손이 하는 결단과 같다'는 뜻. 시인의 손은 전통을 정돈하고 부수고 새로 창조한다. 그 일을 기계가 대신한다.

345) '삶'을 말한다. 릴케가 기계를 반복적으로 언급하는 것은 시문학이 현실 사회와 하나의 뭉치를 이루기 때문이다.

346) 어떤 특정한 목적을 위해 한 번도 사용된 적이 없는 공간이라는 긍정적인 의미이다. 효용성과 거리를 둔 예술의 개념이다.

347) 현시대와 반대되는 대응상은 다른 곳이 아닌 시의 공간 속에서 가능하다. 이 공간은 오르페우스의 신화의 공간이기도 하다. 이 공간은 기계의 공간과 달리 진실하다.

348) 원주: "이 소네트는 석회암이 많은 한 지방에서 옛날부터 전해 내려온 사냥 풍습에 따라 독특한 흰 빛깔의 동굴 비둘기를 잡는 방법을 다룬 것입니다. 비둘기들이 살고 있는 동굴 안으로 수건을 조심스럽게 내려뜨린 뒤 수건을 갑자기 이상하게 흔들어서 비둘기들이 깜짝 놀라 지하 동굴에서 바깥으로 뛰쳐나올 때 비둘기를 잡습니다."
역주: 릴케는 1911년 10월 31일 자 카타리나 키펜베르크에게 쓴 편지에서 구경꾼으로서 사냥 장면을 목격한 내용을 적고 있다.

구경꾼의 존재는 이런 죽임을 정당화하는 배경이 된다. 릴케는
살해 본능이 인간 심성에 깊이 자리 잡고 있음을 알린다. 인간에게
태생적으로 주어진 이 충동을 의도적으로 없애거나 억압하는 것에
대해 사유하고 있다.

349) 사냥의 도구로서의 천에서 화자는 스스로 동질성을 느낀다.

350) 사냥꾼은 누구보다 죽음을 가장 가까이서 접하는 존재다.

351) 슬픔은 한 군데 정착해 있지 않고 늘 떠돈다. 죽음은 그것으로 끝이
아니라 우리 인간 존재와 늘 함께하는 감정이다.

352) 시인은 왜 동굴 비둘기 사냥을 통해 죽임의 현장을 시에 소환할까?
죽임의 경험은 오르페우스적 노래의 전제가 되기 때문이다. 죽임
자체를 윤리적이거나 도덕적으로 비판하기 위함이 아니다. 자연의
순수성을 그대로 체험하기 위함이다. 어떤 사심 없이 사냥 그 자체를
그대로 받아들이고자 한다. "맑고 밝은 정신 속에서,/ 우리 자신에게
일어나는 것은 순수하다."라고 시인은 말한다. 사냥꾼은 삶과 죽음을
직접 관찰하는 자로서 오르페우스적 존재 역할을 맡는다. 삶과 죽음 둘
중 하나를 부정적으로 보지 않고 순수하게 그대로 받아들이는 자세를
말한다.

353) "불꽃"은 변용의 대명사다.

354) 사물은 변모하는 불꽃의 영향 속에 있다가 종국에는 스러진다.
사라지는 사물에 관심을 두는 것이 시인이 할 일이다.

355) 원문은 "jener entwerfende Geist"이다. 구상하고 뭔가 꾸미는 정신, 즉
예술가의 창조력을 말한다. 동적인 힘을 바탕으로 한다. 동적인 것만이
지속한다.

356) "전환하는 순간"은 변용의 전제이다. 릴케는 "전환하는"이라는 말로
"wendende"를 창의적으로 사용하고 있다. 본디 "순간"에 해당하는
원문은 "Punkt"로 정적이나 릴케는 이 말을 동적으로 쓴다. 따라서
'점'으로 번역하지 않고 "순간"으로 옮겼다.

357) 변용되지 않은 사물은 오르페우스에게 적대되는 단단한 것, 즉 경직의
운명에 처하게 된다. 오르페우스의 대표적인 속성은 "바람"이다.

358) "가장 단단한 것"으로도 번역되는 이 구절은 운명 같은 비가역의 힘을
뜻한다.

359) 예술가는 굳음이 아니라 동적인 것을 사랑한다.

360) 망치의 내려침은 죽이려는 것이 아니라 변용의 과정을 지속하기

위함이다.

361) 자유자재한 형태인 물로 변하는 이, 변용할 자세가 되어 있는 이를
말한다. 물은 대지와 대비되는 변용의 원소이다.

362) 사람들의 인식을 말한다. 결국 그렇게 창조적인 힘을 발현하는 사람을
이웃 사람들은 알아보기 마련이다. 인식은 또한 변용의 원동력이다.
인식하는 주체와 인식의 대상은 같은 원소를 갖는다. 물로부터 출원한
사물을 물이 알아보는 것과 같다.

363) 변용이 끝없는 순환적 특성을 갖고 있음을 말해준다. 변용은 또한
귀환이다.

364) 행복은 이별과 고통의 결과다. 이 역시 변용의 한 갈래이다.

365) 공간을 의인화하고 있다.

366) 아폴론의 사랑을 받았으나 그로부터 도망쳐 월계수로 변한 님프.

367) 여기의 '너'는 이 소네트 첫 부분의 "변화를 갈망하라"의 명령 대상으로
시인이다. 시인의 본업은 변용에 있다.

368) 다프네는 월계수가 된 자신을 움직일 수 있는 존재로 바람을
그리워한다. "네가" 바람이 되어 자신을 에로틱하게 어루만져주기를
바란다. 시인은 모든 자연에서 영감을 느낀다.

369) 『오르페우스에게 바치는 소네트』 중 가장 많이 인용되고 철학적으로
읽히는 작품이다. 이별을 다룬 것이라기보다는 시적 변용에 대한
생각으로 앞의 다프네 소네트를 이어받고 있다.

370) 이 명령문의 대상은 시인 자신이다. 여기서는 시인 자신의 의식을
말한다. "모든 이별에 앞서 가라,"는 모든 이별의 상황을 스스로 미리
준비하라는 의미다.

371) 시적 화자는 변용의 과제를 앞에 두고 있다. 이별을 극심한 추위의
겨울처럼 견디고 버티어내야 한다. 시인은 변용을 통해 오르페우스
같은 존재가 되기를 바란다.

372) '에우리디케를 향한 죽음으로 살아라'라는 뜻. 에우리디케를 향한
오르페우스의 사랑과 그리움, 즉 끊임없이 뒤를 돌아보지 않고
전진하려는 의지를 강조한 말이다. 죽음은 이어지는 변용의 한
양태이다.

373) "연관"은 죽음의 영역에까지 미치며 "비존재"를 존재의 조건으로
끌어들인다.

374) 하나의 개별적 존재로서 전체 속에 합산되고 싶은 자는 이와 동시에

개인으로서의 존재를 포기하고 "헤아릴 수 없는 총합"의 전체 속으로
들어가야 한다. 이때는 수를 헤아리거나 계산하려는 의식도 "버려야"
한다. 1926년에 쓴 시 「비가」 참고. "오 전체 속으로의 상실이여(……)!
우리는 스스로를 어디로 던지든 이 전체를 늘리지 못한다(……)! 전체
속에서는 벌써 모든 것이 세어져 있으니." 이 모두 변용과 관련된
언급이다. 변용은 모습을 바꾸는 것이지 수를 늘리는 것은 아니다.

375) 이 소네트는 앞서 나왔던 2부 일곱 번째 꽃 시와 관련된다.

376) 앞의 꽃 시와 다른 묘사 방식을 취해 "보라, 이 꽃들을,"이라고 하고
있다. 꽃들을 직접적으로 이야기한다. 이곳에서 노래되는 것은 사물
세계의 야생화들이다.

377) 꽃들에게 인간의 운명을 부여하는 것은 인간 중심적인 오만이요
폭력적인 곡해이다.

378) 꽃들은 사실 뉘우칠 수 없는, 의식이 없는 존재이다. 시인이 꽃들에게
뉘우침의 왜곡을 뒤집어씌우는 것이다.

379) 인간과 꽃이 함께할 수 있는 공동의 영역인 무의식 속으로 침잠하는
것을 말한다.

380) 이 시의 모델이 된 것은 산타 사비나 근교에 있는 샘이다. 거기에는
"대리석 가면"과 귀 모양의 수조가 있다. 로마의 샘물을 다룬 1부의 열
번째 소네트와 관련된다.

381) 이탈리아의 산맥 이름.

382) 대지는 "샘의 입"으로 한 말을 금방 다시 "대리석 귀"로 듣는다.
말하기와 듣기가 하나가 되는 것이다.

383) 여기의 '너' 역시 "샘의 입"이다. 그러나 물단지를 밀어 넣는 행위를 하는
주체는 인간이다. 인간은 대지의 "입"과 "귀" 사이에 물단지를 밀어
넣음으로써 대지의 독백을 "방해하는" 것이다. 인간이 물을 자신의
목적에 따라 사용하려는 것이기 때문이다.

384) 오르페우스가 디오니소스의 무희들에 의해 찢겼듯이, 우리도 신을
찢는다. 그것은 우리가 오르페우스의 순환에 파괴적인 간여를 하기
때문이다. 모든 것을 합목적적으로 처리하는 데서 생기는 일이다.

385) "heilen"은 타동사로 '낫게 하다'로도, 자동사로 '상처가 아물다'로 볼
수도 있다.

386) 1911년의 이집트 여행 추억의 반영이다. 고대 이집트 사원의 평면
부조에서 신들은 봉헌자들뿐만 아니라 그들이 '자유롭게' 내밀고 있는

봉헌물과 마주 서 있다.

387) 방울이라는 것도 원래는 소음이라는 측면에서 오르페우스와 상반되는
것이지만, 이것이 긍정적인 의미를 지니는 까닭은 여기에 들어 있는
고대적인 특징과 양 스스로가 원한다는 이유 때문이다.

388) 사유 행위 없이 무엇을 꿰뚫어볼 수 있는 동물들의 본능은 인간들의
그릇된 행동과 대비된다.

389) 1922년 2월 17일에서 19일 사이 뮈조성에서 쓴 작품이다. 1부의
세 편의 소네트(13~15)에서 칭송한 과일 테마가 정원 모티프로까지
확장되면서 위안의 문제를 다루고 있다.

390) 정원은 오르페우스가 아직 찢기지 않은 채 살 수 있는 장소이다. 정원이
이 소네트에서 칭송의 대상이 되는 이유다. 그러나 이런 정원의 실제
존재 여부는 확실치 않다. 이 열매를 "네 가난의// 짓밟힌 풀밭에서
찾아낼지도 모른다."라고 화자는 말한다. 이 정원이나 풀밭은 마음속에
있는 것이다. 열매 또한 이상적이며 완전성을 상징한다.

391) 이 열매들이 낯선 이유는 릴케가 단호하게 뿌리친 위안의 모든 익숙한
형식들과 완전히 구분되는 것이기 때문이다. 릴케가 거부한 위안의
대표적인 것은 이른바 종교적인 위안이다. 그가 추구하는 위안은 고통
속 위안이다.

392) "새의 경솔함"이나 "벌레의 시기심"은 기독교적 죄과의 문제를 암시한다.
인간의 약점과 표피성, 삶의 무상을 상징하는 요소들이다.

393) 인간과 자연의 조화는 꿈에 불과하다. 인간은 풀밭을 빠대면서 뭔가를
찾는다. 그래도 나무는 가끔 위안의 열매를 선사한다. 이 위안은 인간이
만들어낸 것이 아니라 가끔 은총처럼 주어지는 것일 뿐이다. 이 정원은
결국 실제의 정원이라기보다 문학적인 유토피아라고 할 것이다.

394) 시인은 지금까지 언급한 정원에 직접 접근하지 못한다. "그림자이자
허깨비들"에 지나지 않기 때문이다. 태도도 진중하지 못하고 성급히
익었다가 금세 시든다. 위안의 열매는 오랜 성숙의 과정을 차분히
거쳐서 익는다. 인간에게는 이런 여름의 태도가 없기 때문에 진정한
위안의 열매는 접할 수 없는 이상에 지나지 않는다. 이 시는 결국
하나의 비탄으로 끝난다.

395) 이 소네트는 릴케가 본 적 있는 고대 꽃병에서 시상을 가져온 것으로
보인다. 카타리나 키펜베르크는 이렇게 적고 있다. "열여덟 번째
소네트는 릴케가 로마에서 자주 접하고 경탄하던 그리스 꽃병들 중

하나를 찬미하는 것이다." 이 소네트 11행의 "더욱 무르익은 꽃병" 참조.

396) 사라지는 것, 과거의 흐릿한 기억을 현재의 것으로 옮겨놓는 춤사위. 이 춤사위는 시를 창작하는 작업과 같다. 릴케는 춤을 연속되는 회전 동작을 거쳐 황홀의 지경으로 상승하는 것으로 본다. 그는 이 모든 것을 리듬과 문법, 조어, 통사 구조 등을 통해 시적으로 재현하고자 한다.

397) 매 연을 의문문으로 끝냄으로써 해당 연에서 다룬 내용이 다음 연으로 이어지는 구조를 갖는다. 이렇게 함으로써 춤사위의 한 동작이 잠시 정지한 뒤 다음 동작으로 이어지는 것이다.

398) 이 대목은 『두이노의 비가』「제5비가」의 길거리 곡예사들을 묘사할 때 나온 것과 유사하다. 곡예와 춤은 이처럼 봄, 여름, 가을, 겨울의 휘돌아 가는 계절의 흐름을 포함한다. 춤동작의 추상성을 열매의 구체적 대상성으로 옮겨놓고 있다. 예술품이 완성되기까지 개입되는 시간적 노력을 암시한다.

399) 무용수가 마무리 회전을 하면서 눈썹으로 마치 자신의 서명을 하는 듯한 느낌을 주는 구절이다.

400) 2부에서 지금까지 주로 다룬 것들은 호흡, 꽃, 춤같이 무상하고 스쳐 지나가는 것들이었는데 이번 소네트에서는 은행에 사는 돈이 대상이 되어 약간은 낯설게 느껴진다. 번영과 부의 상징으로서 돈은 앞에서 다룬 소재들과 대비된다. 돈은 의인화되어 숨 쉬고, 거주하고, 자고, 깨어난다. 그러나 이 시에서 말하고자 하는 바가 3행에 분명히 등장한다. 바로 맹인 거지다. 자세히 말하면, 매일 혹시 동냥을 얻을 수 있을까 하는 바람에서 내밀고 있는 그의 손이다. 궁핍한 거지의 처지를 나타내기 위해 특히 손이 클로즈업된다.

401) 맹인 거지가 얼마나 하찮은 존재로 취급받는지 십원짜리 동전의 태도를 통해 표현하고 있다.

402) 돈이 살아서 호흡하며 유통되는 현장의 정지 순간 그 찰나에 거지는 존재한다. 돈에서 해방된 존재이다. 세계에 대한 순수한 관계라는 면에서 걸인은 칭송의 대상이 된다. 걸인은 운명에 맞서지 않고 순응하며 받아들인다. 자신의 개인적 의지를 발산하지 않는 존재이다. 걸인의 이 같은 무소유, 무의지의 태도는 앞서 나온 소네트(1부 16, 2부 4)의 시인의 글 쓰는 손과 같은 맥락을 지닌다. 세계와의 관계에서 순수성을 갖는 것이다.

403) 이 "밤"은 걸인의 죽음을 연상케 한다.

404) 1913년 3월 27일 자 카타리나 키펜베르크에게 쓴 편지에서 릴케는
이렇게 말한다. "스페인에서 거지는 도처에 숨겨진 운명에서 뻗쳐
나오는 손입니다."

405) 걸인은 운명이 가지고 노는 공처럼 한없이 내맡겨져 있다. 그는 자신을
주장하지 않는다.

406) 걸인의 손이 갖는 모범적 성격을 관찰하여 찬미할 누군가가 필요하다.

407) 소비와 황금만능 시대에 걸인의 모범적 존재 방식을 알아채 노래할 수
있는 자는 신적인 존재뿐이다.

408) 우주의 별들 사이의 거리보다 이곳, 이 땅에서 우리가 느끼는 존재론적
거리감이 더 멀다. 이어지는 시행에서 언급된다. "어떤 이, 한 아이…
그다음 사람, 또 한 사람 — / 오 얼마나 헤아릴 수 없이 먼가."

409) 속으로 성적 매력을 느끼면서도 남자를 피하는 것을 뜻한다.

410) 존재 간의 연결점은 없다.

411) 멀리서 비교 대상을 찾을 것도 없다. 당장 식탁에 차려진 물고기의
얼굴을 보라. 얼마나 기묘하게 생겼는지. 사람들은 식탁에서 즐거이
식사를 하지만, 생선들은 말이 없다.

412) 신비롭게도 물고기와 같은 언어를 쓰는 인간들의 마을이 없다고 할 수
있느냐고 시적 화자는 말한다. 이승에서의 거리는 이루 말할 수 없이
멀다는 반증이다.

413) 알지 못하는 정원들을 노래하는 데에는 감각적 감지나 인식의 한계를
극복하는 창조적 영감이 필요하다. 시 쓰기의 실제라고 할 수 있다.
"노래하라" 이후 "보여라", "피하라", "느껴라" 등의 요구가 이어진다.
심장이 알지 못하는 정원을 노래를 통해 창조하는 것이다. 선명하게
눈에 보이도록 노래해야 한다.

414) 이 정원들은 직접적으로 감각적 체험으로 닿을 수 있는 것이 아니다.
유리에 담긴 것처럼 맑다. 그만큼 상상력의 소산이다. "정원"은 시의
텍스트로 나타난다. 정원사가 나무, 화초를 가꾸듯 시인은 시어로
자신의 텍스트를 가꾼다.

415) 옛 페르시아의 도시 이름. 관개시설로 유명해졌다.

416) 옛 페르시아의 도시 이름. 장미 정원으로 유명하다. 이 구체적 장소의
언급은 실제 그곳의 정원을 말하려는 것이 아니라 인위적이고 동떨어진
곳임을 알리려는 의도이다. 낙원과 같은 이상적인 정원을 뜻한다.

417) 욕망의 포기로 시인은 현재는 존재하지 않는 정원들과 더 강력한
관계를 가질 수 있음을 표현한다.

418) "바람"은 심장과 세계를 이어주는 매개체다.

419) 부족함이 있으리라는 생각, 그것이 전체를 가능케 한다. 시는 "닿을 수
없는" 정원에 접근 가능케 해준다. 시의 초반부에서는 도달 불가능성을
말하나, 후반부에서는 그것이 가능함을 노래한다.

420) 비단실이 일단 양탄자 속으로 들어온 이상, 고통의 그림이라 하더라도
양탄자 전체는 찬미의 대상이 된다는 것이다. 개별자는 전체와의 관련
속에 있다. 전체 속에서 고통은 찬미하는 그림의 뒤편에 있는 매듭에
지나지 않기 때문이다.

421) 인간 정신의 고양을 저해하는 외부적 사건. 여기에는 전쟁이나 질병
같은 것이 포함된다. 제1차 세계대전이 가져온 파괴상을 암시한다.

422) "운명에도 불구하고"와 "우리 현존의/ 찬란한 넘쳐흐름이여" 사이에
쌍점이 있어 두 가지가 동격이지만 완전히 대비되는 관계임을 명확히
보여준다. 넘쳐흐름이 벌어지는 장소는 "공원"이다. 공원은 유용성만을
위한 장소가 아니다. 건축적이고 예술적인 형상들이 있는 곳이다.

423) 공원의 분수나 샘을 의미한다.

424) 남자의 흉부 모양이 새겨진 기둥을 뜻한다. 이 주상들도 "찬란한
넘쳐흐름"의 또 다른 형상이다.

425) 종의 넘쳐흐름은 그 울림에 있다. 동종은 그 단단함과 견고함으로
무상성에서 벗어난 것의 상징으로 여겨진다.

426) 앞에 나온 "현존의/ (……) 넘쳐흐름"은 시대를 초월한 예술 작품들
속에서 찾아지는 옛날의 "찬란한" 넘쳐흐름이고, 현재의 "넘침"은
현시대와 관련된 것으로 부정적인 의미를 지닌다. 두 개의 4행연은
과거의 문화적 업적인 "현존의/ (……) 넘쳐흐름"(공원, 주상, 종, 기둥
등)을, 두 개의 3행연은 성급함으로 가득 찬 "오늘날"의 부정적 "넘침"을
말한다. "넘침"은 성급함의 산물이다.

427) 급히 가는 목표도 없고 방향도 없다. 그저 와해하여 사라질 뿐이다.

428) 평면적 일상을 뜻한다.

429) 지속적인 것은 없고 성급히 지나가버리는 것뿐. 시대는 조급함과
소음으로 가득할 뿐이다.

430) "허공을 가르는 비행의 곡선들과 곡선을 탄 자들,/ 헛되지
않으리라."라고 현대 기술문명이 성취한 것에 대해 제한적이나마

긍정하는 태도를 보인다. 날아간 것은 그만큼의 흔적을 새긴다. 그러나
그 흔적은 눈에 보이는 흔적이 아니다.

431) 빠르게 달려가고 날아간 것은 헛되지 않게 뭔가 남긴 것 같으면서도
흔적도 없다. "그러나 그저 생각일 뿐."이라고 시적 화자는 말한다.

432) 원주: 독자에에. 역주: "독자에게"라는 말을 릴케 스스로 붙임으로써
예술성의 자율성에 대한 요구를 상당히 제한하는 결과가 된다. 그러나
여기의 "독자"는 어떻게 보면 시인 자신으로 보인다.

433) 오르페우스를 향한 호소이다. 오르페우스에게 직접 자신의 생각을
전하는 대담함이 드러난다. 오르페우스에게서 부름을 받고 싶다는,
그의 노래에 의해 불려지고 싶다는 바람이다.

434) 시적 화자는 오르페우스에게 어떤 특정한 시간에 자신을 불러달라고
청원한다. 이 같은 호소의 외침은 시적인 행위이다. 오르페우스에게
항상 적대적인 태도를 갖는 것은 이승의 무상한 시간이다.

435) 이 구절은 전환점을 보여준다.

436) 지금 이 자리에 없는 것이 존재하도록 하려면 시인은 '찬미해야' 한다.
일종의 역설이다. 12행의 "우리는 옳다, 다만 찬미할 때만," 참조.

437) 원래 독일어의 흔한 관용구인 "den Ast absägen, auf dem man sitzt", 즉
'스스로 무덤을 파다'라는 표현법을 원용한 것이다.

438) "기쁨"은 문화 형성의 동력이다. 진흙을 파헤치며 도시를 건설하고, 그
기쁨을 매번 새로이 느낀다는 것은 여러 세대에 걸쳐 문화 형성 작업이
이어짐을 뜻한다. "진흙"은 "도시"와 "항아리"의 재료다.

439) 다음 연에 나오는 "신들"을 염두에 둔 언급이다. 신들이 도와준 적이
거의 없다는 의미다.

440) 앞 연에 나온 "도시들"을 말한다.

441) 오르페우스.

442) 여기의 "아이"는 오르페우스의 재림이다.

443) '우리에게 시간이 주어진 이유가 무엇인가'의 의미로 해석된다.

444) 죽음이 우리에게 빌려주는 것은 시간이다. 죽음은 우리의 삶의 의미를
얻어 간다.

445) 원주: 1부 스물한 번째 소네트의 어린아이들의 봄노래와 짝을 이룸.

446) 일하는 인간이 여기서는 자연과, 그리고 계절의 리듬과 조화를 이루고
있다.

447) "억누른 고요"는 앞으로 모든 일이 폭발적으로 일어날 것임을 암시한다.

448) 릴케의 전형적인 사고방식을 보여준다. 언제나 "새것"처럼 찾아오는
   것은 — 그것이 계절이든 아니면 시적인 영감이든 — 시적 화자의
   손에 잡히지 않는다. 찾아오는 것이 늘 새로운 까닭은 그것이 개인의
   현존재를 자기 쪽에서 파악하여 변용하기 때문이다.

449) 겨울을 나며 아직 매달려 있는 떡갈나무의 잎들은 새순이 나올 때까지
   그대로 있다.

450) "미래의 갈색"은 가을의 빛깔을 뜻하는 게 아니라 릴케가 정확하게
   관찰한 대로 초봄에 나오는 떡갈나무 새순의 갈빛 올리브색을 말한다.

451) 시간의 의인화는 고대의 호라이, 즉 계절과 질서의 여신들과
   관계있으며, 릴케뿐만 아니라 많은 시인들이 일찍이 시간을
   의인화해왔다. 1900년 4월 17일 자 일기에는 "갑자기 그대는 모든
   시간들 중에서 가장 나이가 어린 듯한 시간을 봅니다."라는 구절도
   보이며 시구절 중에서는 "자매들 중 가장 어린 동생"이라든가
   "다프네처럼 귀엽고 아름다운 시간"이라는 표현이 눈에 띈다. 이
   소네트의 구절은 시간이 흘러 무엇이 됨으로써 '흐르는 모든 시간이 더
   아름다워지고 있다'는 뜻으로 이해하면 될 것 같다.

452) "우리"는 일반적인 사람들과 구별되는 오르페우스적인 시인들이다.

453) "새 울음소리"는 "온전"하고 순수하다. 짐승으로서의 필요성에서 생겨
   나오는 것이기 때문이다. 이 소네트는 진정한 소리, 진정한 외침이란
   어떤 것이어야 하는지 질문을 던진다.

454) 아이들의 외침은 골목에서 노니는 떠들썩한 소리를 의미한다. 산산이
   부서지는 음조, 음성이며, 집중이 없다.

455) 아이들의 외침 소리는 여기서 자의요 "우연"(5행)이요 폭력적인
   무질서이다.

456) '외침', '혼돈'과 '노래', '질서'의 개념들이 서로 대비되어 나타난다.
   '외침'은 디오니소스의 무희들의 절규로 오르페우스를 찢어발긴다. 이
   소네트에서는 오르페우스적 특성과 반대되는 요소들이 1, 2, 3연에서
   전개된다. 오르페우스적인 것은 마지막 두 행에 등장한다. 초반에는 "새
   울음소리"가 오르페우스적인 것을 대리한다.

457) 아이들의 외침은 "우연"으로 홀로 풀려 떠도는 것으로 어떤 연결점도
   없으며, 우주로의 순수한 이행이 아니라 그 통로인 "공간의/ 틈새"를
   파괴한다.

458) 시인들은 오르페우스를 찾아가는 길 어디에 있는지 스스로 묻는다.

459) "더욱 자유롭게"는 부정적인 의미를 띤 말로 더욱더 "우연"에 맡겨짐을
     의미한다. 줄이 끊긴 연처럼 어디로 갈지 모른다. 연은 자신의 힘으로
     날아가는 자연의 새와 대비된다.

460) 오르페우스의 "머리와 리라"는 노래와 문학의 표지이다.

461) 오비디우스의 『변신 이야기』에서 오르페우스는 디오니소스의 무희들에
     의해 갈가리 찢긴 뒤, 머리와 리라는 하나도 상하지 않은 채 강물을
     따라 떠내려갔다. 그래서 그의 노래와 연주는 그치지 않게 된 것이다.
     시적 화자는 이 구절에 이르러 외치는 자들이 모습을 바꾸어서 냇물이
     되어 오르페우스의 노래를 나르게 되기를 희구한다. 끝에 이르러 두
     가지 대립되는 것이 하나로 합쳐진다. 외침과 질서, 진정한 외침과
     아이들의 외침이 서로를 배척하는 것이 아니라 외침의 두 종류가
     질서 자체를 위해 필요하다는 것이다. 혼돈, 운명, 절규, 죽음 그리고
     그 사이에 오는 것 및 우연이 배제되지 않고 모두 합쳐져 오르페우스
     노래의 완성에 이른다.

462) "성"은 시를 쓰는 시인의 어린 시절의 토대이다. 부서짐은 창조의 전제가
     된다.

463) 원래는 세계의 형성자이나, 그 이후엔 동시에 이 세상의 악의 근원으로
     간주된다. 여기서는 시간이 데미우르고스로 의인화된 것이다. 시간의
     무력함을 증명해 보여주기 위함이다. 오르페우스 앞에서는 시간 개념이
     쓸모없다.

464) 이런 수사적 질문들이 첫 두 개의 4행연을 규정한다. "정말"이라는
     말에서 수사학적 질문은 이미 안에 답을 갖고 있음을 알 수 있다.
     역설적인 방향으로 답은 주어진다. 시간이 존재해서 짓밟는다 해도
     예술의 힘은 그것을 넘어설 수 있다는 반론이다. "무한히 신들에게
     속하는 이 심장"에 명확한 답이 들어 있다. "데미우르고스"는 심장을
     짓밟지 못한다. "심장"은 창조적 심급이다. 수사적 질문을 통해 시인은
     시간의 힘을 의심한다. 모든 시간이 아니라 "파괴적인" 시간을 말한다.
     대척점으로 내세운 시간은 시적인 시간이다. 시와 시적 창조의 심장
     속에서는 모든 반대되는 요소가 지양된다.

465) 우리는 그렇게 쉽사리 깨져 사라질 운명의 존재들이 아니다. "운명"은
     파괴적인 일상 및 "데미우르고스"와 관련된다. 2부 열아홉 번째
     소네트에서 이미 "운명"은 사회적 억압으로 나온다. 이 운명의 대척점에
     신들의 목소리를 듣는 걸인의 손이 있다. "운명"은 시적 화자에게

성찰의 동기가 된다. "불안스레 깨질 운명"은 산 위의 고요한 성의
속성이자 일반적인 인간적 존재의 속성이다.

466) 미래를 향한 언어적 잠재력을 담은 시어다. "약속" 자체가 시적인
말하기이다.

467) "어린 시절"은 순수한 시의 근원이다. 부서짐, 유령과 소문에 대항하는
요소이다.

468) "뿌리"는 노래의 나무뿌리를 말한다.『오르페우스에게 바치는 소네트』
첫 소네트에 등장한 "나무"를 떠올릴 수 있다. 여기의 나무는 시적인,
아이와 같은 잠재력과 연관된다. 어린아이의 말하기는 침묵에서 다음
침묵으로 발전한다. 침묵은 시 짓기의 전제이다.

469) 오르페우스가 "훗날" 죽어 잠잠해졌지만 만물에 살아 소리를
들려주었듯이 이 어린아이의 "침묵"은 미래의 말의 전제이다.

470) 덧없는 것, 파괴된 것은 유령일 뿐이다. 덧없는 것은 실체가 아니고
허깨비이다. "연기"처럼 사라진다. 이 행은 "아,"로 시작되지만 이는
비탄이 아니라 안심의 표시다.

471) 어린 시절의 순진함은 덧없음의 유령을 벗어난다. 이 태도는 시인의
자세이다. 덧없는 것을 시적으로 수용하는 것이다. 덧없는 것이 시적
영감의 근원이다.

472) "떠도는 존재들인 우리"는 시인들이다. 시를 쓰며 무상한 것을 영원한
것으로 변용하는 존재들이다.

473) 시인들의 창조력을 뜻한다.

474) 오르페우스.

475) 시인의 창조 행동을 말한다.

476) 원주: 베라에게.

477) 이 끝에서 두 번째 소네트에서 무용수와 오르페우스는 만난다. "오,
그대, 오고 가라."라는 시적 화자의 외침으로 시작된다. 이 구절은 "그는
왔다가 간다."(1부, 5)라는 구절과 유사하다. 이러한 어법을 소녀에게도
적용함으로써 소녀는 오르페우스적인 존재가 된다. 이 소네트 전체가
증명해주고 있다. '가다'에는 죽음의 의미가 내포되어 있다. 삶으로 왔다
죽음으로 가는 것을 말한다.

478) 베라는 불과 열아홉 살의 나이로 죽었다.

479) 오르페우스의 뒤를 노래가 아닌 춤으로 쫓고자 한다. 이제 춤이
오르페우스적인 움직임의 총체 개념이 된다. 왔다가 가는 것은

오르페우스적인 운동 형태다. 춤은 방향 전환의 순간이 있다.

480) 시인들은 춤을 추고, 무용수 역시 춤으로 별자리를 이룬다. 춤이
우주적 차원에 이른다. 무용수 별자리는 없기 때문에 이는 일종의
추상화이다. 이것은 전통적인 뮤즈의 부름을 새롭게 해석한 것으로
볼 수 있다. 무용수가 시인들에게 뮤즈가 되는 것이다. 무용수는 오고
가는 춤사위로 전체에서 자기가 맡은 역할을 채우는 것이다. 소녀
무용수는 그 순수성에서 "별자리"로 표현하기에 기장 적합하다. 그만큼
춤추는 이 소녀는 수 세기에 걸친 수많은 시인들보다 우위다.

481) 우리의 무상함에도 불구하고 우리는 "잠시나마" 자연을 능가할 수 있다.

482) 이 소네트에서는 화자인 시인에게나 수신자인 무용수에게나 소통의
매체는 춤이다. 춤은 사고의 움직임을 표현한다.

483) 나무들도 오르페우스의 노랫소리에, 있던 자리에서 나와 그가 있는
곳으로 가서 그의 노래에 귀를 기울였다. "오르페우스가/ 노래할 때는
자연은 온전히 귀 기울인다."라는 구절은 미학적 경험에 대한 성찰을
보여준다.

484) 역사적 시점으로, 오르페우스가 살았던 태곳적을 암시한다. 이제
과거의 일이 미래에 일어나기를 바란다.

485) 무용수는 그녀의 동작을 통해 오르페우스를 듣고 이해하고 표현할
수 있다. 그 전제는 물론 소리를 듣는 것이다. 오르페우스의 노래를
듣는 예술가는 말이든 춤이든 자기 나름의 방식을 통해 창조한다.
창작 속에서 자신이 들은 것에 대한 해석에 이른다. 이 시는 이해의
과정으로서 창작 과정 자체를 대상으로 하고 있다. 그렇다면 의문이
있다. 어떻게 오르페우스의 노래를 들을 수 있나? 창작 과정에서 듣는
것이다. 창작이 곧 오르페우스의 노래를 듣는 것이다. 움직였다는 것은
들었다는 것이다.

486) 여태 시인들이 듣지 못했던 오르페우스의 노래는 소녀의 춤을 통해
창조되고 이해된다. 오르페우스는 절대 도달할 수 없는 시인의
모범이다.

487) 『오르페우스에게 바치는 소네트』 전체를 놓고 볼 때, 여기의 "친구"는
시인 자신, 즉 릴케로 보아야 한다. 이제 죽은 소녀는 시인 앞에서 신의
자리를 차지한다. 즉 오르페우스적 현존재를 가르치는 선생이다.

488) 춤추는 소녀가 오르페우스를 존경하는 마음에서 그렇게 되기를 친구는
바란다. 완전한 찬미를 통해 그녀가 다시 지상에 올 수 있기를 바라는

마음이다.

489) 원주: 베라의 한 남자 친구에게. 역주: 베라의 한 남자 친구는
오르페우스가 아니라 릴케로 볼 수 있다. 이 시는 전체적으로 시인
자신의 독백 형식을 지니고 있다. 그러나 이 시에서 시인은 말하는
자로서보다는 듣는 자의 역할을 한다. 그렇기 때문에 『오르페우스에게
바치는 소네트』를 끝맺는 자리에서 시인이 상상을 통해 여자 친구
베라로부터 일종의 교훈적인 가르침의 말을 듣는 것으로 보는 것이
보다 타당성 있다.

490) 앞의 소네트에서 춤추는 소녀를 향해 '춤으로 네가 어떻게 되는지
보라!'라고 암시적으로 말했던 것과 같다.

491) 변용을 집처럼 여기기를 바란다.

492) 『오르페우스에게 바치는 소네트』 1부 세 번째 소네트의 "그러나 우리는
언제나 존재하나?"에 대한 답변이다. 궁극적으로 도달한 상태를 말하는
것이 아니라 이 작품의 목표점을 이상적인 것으로 만들기 위한 것으로
보인다. 하나의 원적 구조이다.

릴케가 생의 마지막 5년을 보낸 뮈조성
(사진 Nouchka/Wikimedia Commons)

뮈조성에서 릴케와 발라디네

1875년　12월 4일 아버지 요제프 릴케(1838~1906)와 어머니 조피
　　　　릴케(1851~1931) 사이에서 당시 오스트리아-헝가리 제국의
　　　　지배 아래 있던 체코 프라하의 하인리히가세 19번지에서
　　　　태어나다. 12월 19일 성(聖)하인리히 교회에서 르네 카를
　　　　빌헬름 요한 요제프 마리아 릴케라는 세례명을 받다.
　　　　태어난 시각이 아기 예수가 탄생한 한밤중의 시각과
　　　　일치한다고 생각한 어머니 조피(일명 '피아')는 성모
　　　　마리아의 은총으로 여겨 릴케를 '마리아의 아이'라고
　　　　부른다. 한 걸음 더 나아가서 릴케에게 하느님은 '하늘에
　　　　계신 아빠'로, 마리아는 '하늘에 계신 엄마'로 부르게까지
　　　　한다. 이것은 어머니의 광신적 신앙 태도의 한 단면을
　　　　보여주는 일화로, 릴케는 그녀의 지나친 종교적 가식성에
　　　　끝없는 고통을 겪게 된다.
　　　　릴케의 손위로 누나가 하나 있었는데, 태어난 지 얼마
　　　　안 되어 병으로 죽었다. 죽은 딸에 대한 부모의 사랑의
　　　　여운으로 인해 릴케는 일곱 살까지 어머니에 의해
　　　　여자아이 옷을 입고 자란다. 직업군인이던 아버지는
　　　　하사관에서 장교까지 입신해보려는 꿈이 있었으나
　　　　실패하고 어느 철도회사의 역장으로 근무하게 된다. 남편의
　　　　직업상 실패가 유복한 집안 출신으로 소녀 같은 허영에
　　　　들떠 있던 릴케 어머니에게는 참기 어려운 실망의 근원이
　　　　되고, 이것은 다시 릴케의 성장에 많은 영향을 끼친다.

1882년　프라하 가톨릭 재단의 피아리스트 수도회(1607년 설립)에서
　　　　운영하는 독일 초등학교에 들어가 1884년까지 다니다.

1884년　부모가 이혼한 뒤 어머니가 릴케의 양육을 맡다.

1886년　9월 1일에 국가장학생으로 장크트 푈텐 육군 소년학교에

입학하다. 평생 동안 릴케는 군사학교 시절을 참담한
시련의 시기로 묘사한다. 처음으로 시를 쓰기 시작하다.

1890년   육군 소년학교를 마친 뒤에 메리슈바이스키르헨 육군
고등실업학교로 진학하다.

1891년   6월, 병 때문에 육군 고등실업학교를 그만두고 3년 과정의
린츠 상과학교에 들어가나, 다음 해 중반에 역시 그만둔다.
원인은 당시 그의 가정교사로 있던 연상의 여성과의 연애
관계 때문으로 알려진다. 지방의회 의원으로 있던 백부
야로슬라브 폰 릴케의 후원을 받다.

1892년   5월, 주위로부터 법학을 공부하라는 권유를 받고
가을부터 프라하에서 대학입학자격을 취득하기 위해서
혼자서 공부하다.

1893년   이종사촌 누나인 기젤라의 소개로 발레리 폰 다비트
론펠트(애칭 '발리')라는 소녀와 사귀며 사랑을
체험하다(1893~1895). 그녀는 릴케보다 한 살 위로
포병장교의 딸이었으며, 그녀의 어머니는 당시 체코 문단에
유럽 상징주의를 소개한, 체코 신낭만파의 대표이자
선구자인 율리우스 차이어와 남매 관계였다. 발리 역시
문학 활동을 할 만큼 예술적 재능이 있었다. 릴케는
그녀에게 수많은 편지와 사랑을 고백하는 시를 바친다.
그러나 그녀를 위해 쓴 수백 편의 시 중에서 단지 여섯
편만이 『릴케 전집』에 실린다.

1894년   여러 문학잡지에 시 작품을 다수 발표한 끝에 첫 시집
『삶과 노래』를 자비로 출간하다. 이 시집은 발간 경비를
댄 발리에게 헌정되며, 린츠 상과학교 수학 시절과 그 후
프라하에 돌아와서 쓴 감상적인 성향의 미숙한 연애시
73편이 실려 있다.

1895년   우수한 성적으로 대학입학자격을 취득하다. 프라하
대학에서 겨울 학기부터 예술사, 문학사, 철학 등을

공부하기 시작하다. 두 번째 시집『가신에게 바치는
제물들』출간. 여기에는 보헤미아의 향토와 관련된 많은
시가 실려 있다. 시집 제목에서 향토 보헤미아를 지켜주는
"가신(家神)"에게 바치는 "제물"로서의 시라는 뜻을 읽을 수
있다. '민중에게 바치는 노래들'이라는 부제를 단 팸플릿
《치커리》를 발행하다. 원래 "치커리"에는 죽어서 풀로 변한
처녀가 길섶에 꽃을 피우고 망부석처럼 사랑하는 사람을
기다린다는 전설이 있으며, 식물학적으로 이 풀은 생명력이
매우 강한 것으로 알려져 있다. 여기서 릴케가 "치커리"를
자신의 작품에 대한 알레고리로 사용하고 있음을 짐작할
수 있다. 즉 자기 작품을 보아줄 잠재적 독자층으로서의
"민중"에 대한 희구와 함께 자기 작품의 영원성을 기리려는
뜻을 담은 것이다.

1896년   여름 학기부터 프라하 대학의 법률학부로 학부를 바꾸다.
왕성한 문학 활동을 벌이고 많은 작품을 출판하다.
그중에는 니체 철학의 반기독교적 인상 아래 쓰인 단편
「사도(使徒)」가 눈에 띈다. 단막극「지금, 우리가 죽어가는
순간에」가 상연되다. 뮌헨으로 가다. 뮌헨 대학에서 두
학기 동안 예술사(르네상스), 미학, 다윈 이론 등 공부.
10월에《치커리》마지막 호 발행.

1897년   뮌헨에 있다가 3월 28일에서 31일까지 처음으로
베네치아에 다녀오다. 5월 12일 저녁 뮌헨에서 루
안드레아스 살로메(1861~1937)와의 운명적인 만남이
이루어지다. 당시 36세의 기혼녀이던 살로메는 릴케
자신이 꿈꾸던 유명한 저술가였고, 게다가 세상일과
정신세계에 밝았으므로 릴케는 자연 그녀에게 매력을
느낀다. 맨 처음에는 두 사람 사이는 단순한 애정 관계에
지나지 않았으나, 점차 정신과 영혼을 나누는 벗의 관계로
발전한다. 릴케가 '르네'라는 이름을 버리고 '라이너'라는

독일식 이름으로 바꾸고, 당시까지 흘려 쓰던 글씨를
바르게 쓰기 시작한 것도 그녀의 권유에 따른 것이다. 두
사람은 평생 우정 관계를 유지하고, 루는 릴케의 삶의 여러
사적 문제에서 어머니와 같은 정신적 지주가 되어준다.
가을부터 베를린 대학으로 옮겨 학업을 계속하다.『예술
책자』를 중심으로 순수예술을 표방하던 시인 슈테판
게오르게 및 하우프트만 형제와 만나다. 시집『꿈의
왕관을 쓰고』가 출간되고 드라마「첫서리」가 프라하에서
상연되다.

1898년　베를린, 이탈리아 피렌체 등지를 여행하다. 이때 이탈리아
초기 르네상스를 비롯한 예술 일반에 대한 생각을 담은
『피렌체 일기』와 많은 시들을 쓴다.『피렌체 일기』는
자신의 예술적 역량을 루 살로메에게 인정받아 보려던
시도의 하나였다. 이탈리아에 있을 때 화가 하인리히
포겔러를 처음으로 만나다. 5월에는 비아레조, 6월에는
베를린에 체류하다.『슈마르겐도르프 일기』를 쓰기
시작하다. 시집『강림절』, 단편집『삶을 따라서』를
출간하다.

1899년　베를린 체류. 아르코에 있는 어머니를 방문하다.
오스트리아 빈에서 작가 아르투어 슈니츨러 및 시인 후고
폰 호프만슈탈을 만나다. 베를린에서 학업 계속. 부활절
무렵에 루 살로메 부부와 함께 첫 번째 러시아 여행(4월
24일~6월 18일)길에 나서다. 모스크바에서 레오니드
파스테르나크(소설가 보리스 파스테르나크의 아버지. 교수,
화가)와 톨스토이 방문. 마이닝겐에서 러시아 예술, 역사
그리고 언어를 공부하다.『기도시집』1부 '수도사 생활의
서'가 쓰이다.『슈마르겐도르프 일기』를 계속 쓰다. 연말에
시집『나의 축제를 위하여』와 산문집『사랑하는 신에
대해서 그리고 기타』출간. 가을에『기수 크리스토프

릴케의 사랑과 죽음의 노래』 초고 완성.

1900년   5월에서 8월까지 루 살로메와 함께 두 번째 러시아 여행.
야스나야 폴랴나로 톨스토이 방문. 모스크바, 키이우, 볼가
강 여행. 상트페테르부르크 체류. 8월 26일에 귀환. 다음 날
하인리히 포겔러의 초대로 독일 북부 브레멘 근교에 있는
화가촌 보릅스베데로 가서 그곳의 예술가들과 사귀다.
그중에 여성 화가 파울라 모더존 베커와 조각가 클라라
베스트호프가 있었다. 전기적 성격이 매우 강한 단막극
『백색 여왕』이 9월 말에 출간되다.『보릅스베데 일기』를
쓰기 시작. 10월부터 베를린의 슈마르겐도르프 지역에
머물다.

1901년   베를린 체류. 아르코로 어머니를 방문하다. 4월 28일에
클라라 베스트호프(1878~1954)와 결혼, 보릅스베데 근처의
베스터베데에 신접살림을 차리다. 9월에『기도시집』2부
'순례의 서' 집필 및 완성. 드라마「일상생활」이 베를린에서
상연되다.『형상시집』초고를 베를린의 출판업자 악셀
융커에게 부치다. 12월 12일에 유일한 자식인 딸 루트가
태어나다.

1902년   베스터베데 체류. 5월에 보릅스베데 화가들에 대한
전기『보릅스베데』집필. 6, 7월 하젤스도르프에
머물다. 8월 28일부터 1903년 6월 말까지 처음으로
파리의 툴리에가(街) 11번지에 체류하다. 9월 1일에
로댕(1840~1917)을 방문.『형상시집』출간, 게르하르트
하우프트만에게 헌정하다. 이 시집은 러시아의 역사,
파리의 인상들, 스칸디나비아 풍경, 성서의 여러 가지
모티프를 소재로 삼고 있다. 우리나라 독자들에게 잘
알려진 시 작품「가을날」이 바로 이 시집에 실려 있다.
단편소설『마지막 사람들』출간. 11월에 중기를 대변하는
'사물시'를 담은『신시집』의 첫 번째 시 작품이자 가장

유명한 「표범」을 쓰다.

1903년　파리의 로댕 집에 묵으면서 그의 전기 『로댕론』을 쓰다.
대도시 파리에서의 생활과 병으로 쇠잔해져 이탈리아의
휴양도시 비아레조로 떠나다(3월 22일~4월 28일). 그곳에서
『기도시집』 3부 '가난과 죽음의 서'를 단 며칠 만에
완성하다. 파리, 보릅스베데, 오버노일란트 체류. 9월에
로마로 떠나 1904년 6월까지 그곳에 머물다.

1904년　2월 8일에 『말테의 수기』를 쓰기 시작하다. 교육학자이자
사회주의 여성운동가 엘렌 케이 여사의 초대로 로마를
떠나 덴마크의 코펜하겐을 거쳐 스웨덴으로 가다.

1905년　1904년 말과 1905년 초의 겨울을 아내, 아이와 함께
오버노일란트에서 보내다. 드레스덴 방문(3월 1일).
괴팅겐에서 7월 28일부터 8월 9일까지 루 살로메 재회.
프리델하우젠성(城)에 묵음. 9월 11일에 파리 근교의
뫼동에 있는 로댕에게 가다(두 번째 파리 체류. 9월 12일부터
1906년 6월 29일까지). 10월 21일부터 11월 2일까지
첫 번째 강연 여행(드레스덴과 프라하에서 '로댕론' 강연).
보릅스베데에서 새해를 맞이하다. 『기도시집』 출간, 루
살로메에게 헌정하다. 『기도시집』 제목의 동기가 된
'기도서'란 15, 16세기에 만들어진 라틴어 경본의 프랑스어
모사본을 이르며, 이 책은 평신도가 보통 하루 일곱 번
정도 정해진 시간에 해야 할 기도의 내용을 담고 있다.
릴케는 이 이름을 그대로 그의 문학에 수용하고 있다.
물론 이 '기도서'의 내용을 모방한 것이 아니라 그 명칭을
따온 것이다. 이를 통해 그는 자신의 예술 행위의 종교적
치열성을 강조하고, 나아가서 자신의 작품이 통상적인
시집으로보다는 성경 같은 종교 서적처럼 독자의 손에서
떠나지 않고 읽히기를 바란다.

1906년　파리의 로댕 집에 기거하면서 비서 일을 보다. 두 번째 강연

여행. 3월 14일 프라하에 있는 아버지의 죽음. 베를린 체류.
4월 1일에 다시 파리 근교의 뫼동으로 가다. 사소한 일로
갈등이 생겨, 로댕과 헤어지다.『신시집』의 많은 부분이 이
시기에 쓰인다. 벨기에 플랑드르 지방과 독일 각지를 여행.
9월에는 프리델하우젠성에 머물다.『형상시집』의 증보판
출긴. 전투 외 캐라, 용기와 몰락의 현실을 마치 꿈처럼
체험한 후 죽음을 맞이하는 주인공의 삶을 그린『기수
크리스토프 릴케의 사랑과 죽음의 노래』초판 출간.

1907년   1906년 12월 4일부터 1907년 5월 20일까지 카프리섬에
있는 디스코폴리 별장의 손님으로 머물다. 5월 31일에
다시 파리로 가서, 6월 6일부터 10월 3일까지 카세트가(街)
29번지에 묵다(세 번째 파리 체류). 살롱도톤(Salon d'Automne,
가을 살롱전)에서 폴 세잔의 유작전을 보고 큰 감동을
받다.『신시집』의 상당수의 시를 쓰다. 10월 30일에서
11월 3일까지 세 번째 강연 여행(프라하, 브레슬라우, 빈 등지).
유명한 골상학자이자 저술가인 루돌프 카스너와 만남.
11월 19일에서 30일까지 베네치아 체류(시「베네치아의
늦가을」을 쓰다). 미미 로마넬리(베네치아의 여자 친구)와 친교를
맺다. 오버노일란트에서 새해를 맞다. 12월에『신시집』이
출간되다.

1908년   베를린, 뮌헨, 로마(2월) 순으로 체류. 2월 29일에서 4월
18일까지 카프리섬의 디스코폴리 별장에 묵다. 나폴리,
로마 체류. 5월 1일부터 8월 31일까지 파리의 캉파뉴
프르미에르, 8월 31일부터 1911년 10월 12일까지는 파리의
바렌가 77번지에 있는 호텔 비롱에 묵다. 여름에『신시집
별권』의 아주 많은 양의 시를 쓰다. 11월에는 두 편의
「진혼곡」을 완성(그중 하나는 화가 파울라 모더존 베커를 위한
것이고, 다른 하나는 요절한 시인 볼프 그라프 폰 칼크로이트를 위한
것이다). 1904년에 시작한『말테의 수기』의 많은 부분을

성공적으로 집필하다. 파리에서 혼자서 성탄절을 보내다.
『신시집 별권』 출간, 로댕에게 헌정하다. 엘리자베스
브라우닝의『포르투갈인의 소네트』번역.

1909년   파리 체류. 프로방스 지방 여행(생트마리드라메르, 아를,
엑상프로방스). 가을에 슈바르츠발트, 바트리폴트자우, 파리
등지로 여행. 9월에서 10월 사이 아비뇽에 체류. 12월
13일에 마리 폰 투른 운트 탁시스 후작 부인과 만남.

1910년   1월 8일에 파리를 떠나다. 엘버펠트에서 강연. 릴케의 책을
주로 내주던 라이프치히의 출판업자 안톤 키펜베르크
방문. 3, 4월 로마 체류. 예나, 바이마르, 베를린, 로마 체류.
4월 20일에서 27일까지 아드리아 해안에 있는, 탁시스 후작
부인 소유의 두이노성에 손님으로 가다. 4, 5월 베네치아에
머물다. 5월 12일에 파리로 돌아오다. 5월 31일에
『말테의 수기』가 출간되다. 앙드레 지드와 만나다. 7, 8월
오버노일란트에서 아내, 딸과 함께 지내다. 라우친성으로
탁시스 후작 부인 방문. 프라하 체류. 8, 9월 보헤미아의
야노스비츠성에 묵다. 뮌헨, 파리 체류. 루돌프 카스너와
만나다.

1911년   심리적으로 불안정한 시기를 겪다. 1910년 11월 19일부터
1911년 3월 29일까지 북아프리카 여행(알제리, 튀니지,
이집트의 룩소르, 카르나크 등지). 아스완까지 나일강을 따라
여행. 베네치아 체류. 4월 6일에 파리로 귀환. 7월 19일에
보헤미아 지방을 마지막으로 여행(라이프치히, 프라하,
라우친성, 야노비츠, 베를린, 뮌헨). 파리 체류. 탁시스 후작
부인의 차를 타고 10월 중순에 파리를 떠나 리옹, 볼로냐,
베네치아를 거쳐 두이노성으로 가다. 10월 22일부터 겨울
동안 두이노성에 칩거하다. 게랭의『켄타우로스』번역.

1912년   5월 9일까지 두이노성에 머물다. 두이노성에서 창조의
영감을 받아『두이노의 비가』의 몇몇 비가들(제1비가,

제2비가와 몇몇 단편들)과 연작시 「마리아의 생애」가
쓰이다. 여름 동안(5월 9일~9월 11일) 베네치아에서 보내다.
그곳에서 이탈리아의 비극배우 엘레오노라 두제를 만나다.
『막달레나의 사랑』 번역.

1913년　　1912년 11월 1일부터 1913년 2월 24일까지 에스파냐
여행(톨레도, 코르도바, 세비아, 론다, 미드리드). 여행 중 이슬람교
경전인 코란을 읽다. 2월 25일부터 6월 6일까지 파리
체류. 독일 여행(슈바르츠발트, 괴팅겐, 라이프치히, 베를린
등). 뮌헨에서 루 살로메와 함께 정신분석학회에 참가해
프로이트를 비롯한 정신분석학자들과 만나다. 극작가
프란츠 베르펠과 만남.『제1시집』 출간.『포르투갈 편지』
번역.

1914년　　1913년 10월 18일부터 1914년 2월 25일까지 파리
체류. 2월 26일에서 3월 10일까지 베를린 그루네발트
체류. 베를린에서 마그다 폰 하팅베르크(일명 벤베누타)와
만남. 3월 26일에 파리로 돌아오다. 4월 20일부터 5월
4일까지 두이노성에 머물다. 베네치아에서 벤베누타와
헤어지다. 5월 9일에서 23일까지 아시시와 밀라노 체류.
5월 26일부터 7월 19일까지 파리 체류. 7월 19일 독일로
건너가 괴팅겐에 있는 루 살로메 집에 잠시 머물다. 7월
28일 제1차 세계대전 발발. 파리에 있는 재산을 전부
잃다. 라이프치히에 있는 출판업자 키펜베르크 집에 묵다.
8월 14일에 쓴 「다섯 노래」에서 릴케는 전쟁의 발발을
칭송한다. 표현주의 시인 게오르크 하임처럼 전쟁-
신(神)의 부활이 나태하고 곪을 대로 곪은 인간의 일상을
부수어주리라고 찬양하기는 했지만, 실제로는 전쟁의
발발로 군사학교 시절의 악몽이 되살아나고, 이에 따라
신경성 위통이 심해져 요양차 뮌헨의 이자르강 변에 있는
이르셴하우젠으로 간다. 여기서 화가 루 알베르 라사르를

알게 된다. 어느 독지가로부터 2만 크로넨을 선사받다. 그
독지가는 다름 아닌 철학자 루트비히 비트겐슈타인이다.
11월에는 프랑크푸르트와 뷔르츠부르크 체류. 11월
22일부터 베를린에 머물다. 앙드레 지드의 『탕아의 귀환』
번역.

1915년　베를린을 떠나 아내 클라라와 딸 루트가 살고 있던 뮌헨에
1월 7일부터 11월 말까지 머물다. 루 알베르 라사르, 시인
레기나 울만, 아네테 콜프, 노르베르트 폰 헬링라트 등과
친교. 3월 19일부터 5월 27일까지 루 살로메의 방문. 발터
라테나우, 알프레트 슐러, 한스 카로사, 파울 클레 등과
만남. 6월 14일부터 헤르타 쾨니히 여사의 집에 머물다.
그 집에 걸려 있던 파블로 피카소의 그림 「곡예사 일가」를
보고 크게 감명받다. 가을에 어머니를 마지막으로 보다.
『두이노의 비가』의 「제4비가」가 11월에 쓰이다. 같은
달에 제1차 세계대전에 따른 징병검사를 받고 징집되다.
베를린에서(12월 1일에서 11일 사이) 군복무의 면제를
청원하다. 딸의 생일(12월 12일)에 뮌헨에 체류. 12월
13일부터 빈에 머물다. 탁시스 후작 부인 집에 기거.
프로이트를 방문하다.

1916년　빈에서 1월에서 6월까지 군복무, 전사편찬위원회 근무.
로다운에 사는 시인 호프만슈탈 방문. 화가 코코슈카,
카스너 등과 교제. 6월 9일에 군복무에서 해방되다.
뮌헨으로 돌아가다.

1917년　뮌헨, 베를린 체류. 7월 25일부터 10월 4일까지 베스트팔렌
지방에 있는 헤르타 쾨니히 여사 소유의 장원인 뵈켈에
체류. 12월 9일까지 베를린에 머물며 그라프 케슬러,
리하르트 폰 퀼만 등과 만남. 뮌헨에서 호프만슈탈과 만남.

1918년　뮌헨 체류. 알프레트 슐러의 강연을 듣다. 인젤 출판사의
사장 키펜베르크와 재회, 쿠르트 아이스너 및 에른스트

톨러와 만남. 혁명에 동조. 나중에 시인 이반 골의 부인이
된 클레르 슈투더와 교제. 루이즈 라베의『스물네 편의
소네트』번역. 문학적, 실존적 불안 상태에서 벗어나기를
고대하다.

1919년　뮌헨 체류. 루 살로메와 재회. 작품들이 불티나듯 팔리다.
6월 11일에 뮌헨을 떠나 스위스로 강연 여행. 취리히,
제네바, 솔리오 체류. 빈터투어에서 라인하르트 형제
및 나니 분덜리 폴카르트와 만남. 릴케가 "니케"(승리의
여신)라고 부른 이 여인은 그가 어려움에 처할 때마다
도움을 아끼지 않았으며, 그의 임종까지도 지켜보았다.
12월 7일부터 다음 해 2월 말까지 테신 지방에 체류.
『원초의 소리』출간.

1920년　2월 27일까지 로카르노 체류. 3월 3일에서 5월 17일까지
바젤 근교의 쉰베르크 폰 데어 뮐 장원에 머물다.
베네치아에서 탁시스 후작 부인 재회. 바젤, 취리히 체류.
제네바에서 발라디네 클로소브스카(일명 메를리네)와
만나다. 릴케는 그녀와 몇 년 동안 친밀한 우정을 맺는다.
라가츠, 파리 체류. 10월 말에 제네바로 돌아오다. 11월
12일부터 1921년 5월 10일까지 베르크 암 이르헬 성에
머물다. 이때 연작시「C. W. 백작의 유고에서」를 쓴다.

1921년　베르크 암 이르헬 성에서 폴 발레리의 작품을 읽고 감명을
받아 그의 시집『해변의 묘지』를 독일어로 번역하다.
5월 20일에서 6월 28일까지 에토이 체류. 6월 28일에
발라디네와 함께 스위스의 시에르에 도착. 6월 30일에 어느
쇼윈도에서 조그만 뮈조성을 찍은 사진을 발견하고 7월에
처음으로 방문. 8월 26일에 뮈조성으로 이사하다. 친구인
베르너 라인하르트가 빌려서 릴케에게 제공한 뮈조성은
죽을 때까지 릴케의 안식처가 된다. 11월 8일에 발라디네가
떠나다. 발레 지방에서 보낸 첫 번째 겨울.

1922년   뮈조성에 머물며 2월에 『두이노의 비가』를 완성하고
         『오르페우스에게 바치는 소네트』 집필. 어려운 내용을
         담은 「젊은 노동자의 편지」를 쓰다. 5월 18일에 독일에서
         딸 루트 릴케 결혼. 6월에 탁시스 후작 부인, 그리고
         7월에 키펜베르크 내외가 찾아오다. 발레리의 작품 번역.
         릴케에게는 커다란 은총이 내린 한 해였다.

1923년   뮈조성에서 부르크하르트, 레기나 울만, 베르너
         라인하르트, 카스너 등의 손님을 맞다. 8월 22일에서 9월
         22일까지 쇠네크 요양소 체류. 10, 11월 발라디네와 함께
         뮈조성에 머물다. 뮈조성에서 혼자서 성탄절을 보내다.
         12월 29일부터 1924년 1월 20일까지 발몽 요양소에
         처음으로 머물다. 『두이노의 비가』, 『오르페우스에게
         바치는 소네트』 출간.

1924년   발몽 요양소와 뮈조성 체류. 프랑스어로 시를 쓰다. 4월
         6일에 폴 발레리와 처음으로 만나, 기념으로 뮈조성의
         정원에 버드나무 두 그루를 심다. 아내 클라라의 방문.
         5월 중순에 빈의 소녀 에리카 미터러의 첫 번째 편지-시를
         받다. 이것이 그녀와 주고받은 「시로 쓴 편지」의 동기가
         된다. 바트라가츠에서 탁시스 후작 부인과 함께 보내다. 8월
         2일에 뮈조성으로 돌아오다. 9월에 로잔, 11월 초에 베른
         체류. 11월 24일부터 다음 해 1월 6일까지 발몽 요양소에서
         두 번째 요양.

1925년   1월 7일에서 8월 18일까지 마지막으로 파리에 체류하다.
         『말테의 수기』를 프랑스어로 번역한 모리스 베츠와
         이야기를 나누다. 발라디네와 함께 지내다. 발레리, 클로델,
         부르크하르트, 탕크마르 폰 뮌히하우젠, 호프만슈탈,
         앙드레 지드 등과 만나다. 9월 1일에 다시 뮈조성으로
         돌아와, 10월 22일에 유언서를 작성해서 "니케"(나니 분덜리
         폴카르트)에게 보관하도록 하고, 쉰 번째 생일을 뮈조성에서

혼자 지내다. 폴 발레리의 『시집』 번역.

1926년 1925년 12월 20일 저녁부터 1926년 5월 말까지 발몽
요양소, 6월 1일부터 시에르의 뮈조성에 체류하다.
프랑스어로 시를 쓰다(「장미」, 「창문」). 프랑스어 시집
『과수원』 출간. 발레리의 대화체 산문 「유팔리노스, 또는
건축술에 대해서」 번역. 7월 20일에서 8월 30일까지
바트라가츠에 체류. 9월 중순 안티에서 발레리와 만나다.
11월 30일에 다시 발몽 요양소. 그곳에서 12월 29일 새벽
백혈병으로 영면하다. 릴케의 마지막 시는 아마도 12월
중순에 쓰인 듯하며, 시를 통해 그 자신의 병의 마지막
단계를 보여주고 있다.

오라, 너, 내가 인정하는 마지막 존재여,
육체의 조직 속 고칠 수 없는 고통아.
정신의 열기로 타올랐듯이, 보라, 나 네 속에서
타오른다, 장작은 네가 태워 올리는 넘실거리는
불꽃을 받아들이기를 오랫동안 거부했다.
그러나 이제 나 너를 키우고 네 속에서 불탄다.
이승에서의 나의 온화함은 너의 분노 속에서
여기 것이 아닌 지옥의 분노가 되리라.
아주 순수하게, 미래의 계획 없이 허허로이
나는 고통의 어지러운 장작더미 위로 올라갔다.
안쪽의 모든 것이 침묵해버린 이 심장을 위해
뻔한 어떤 미래의 것도 사지 않기 위함이다.
저기 알아볼 수 없이 불타는 것이 아직도 나인가?
불꽃 속으로 추억을 끌어들이지는 않겠다.
오, 삶이여, 삶이여, 바깥에 있음이여.
나는 작열 속에 있으니, 나를 알아보는 이 아무도 없다.

이것이 릴케가 자신의 수첩에 적어놓은 마지막 시이다.

1927년　1월 2일, 릴케 자신의 유언에 따라, 라론에서 좀 떨어진 높은 언덕 위에 위치한 부르크키르헤 교회 뒤에 묻히다. 묘비에는 그가 1년 전에 직접 쓴 다음 묘비명이 새겨져 있다.

장미여, 오, 순수한 모순이여,
겹겹이 싸인 눈꺼풀들 속
익명의 잠이고 싶어라.

죽어서 부르는 사랑 노래

김재혁

1

『오르페우스에게 바치는 소네트』는 릴케가 생의 종말을
4년여 앞두고 마무리한 최후의 대작이다. 『기도시집』이
러시아, 이탈리아, 프랑스 파리 등지를 배경으로 근 5년에
걸쳐 쓰이고, 『두이노의 비가』가 1912년 1월 이탈리아
두이노성에서 시작해 스페인, 이집트, 파리 등을 거쳐
만 10년 만에 스위스의 뮈조성에서 완성된 것과 달리,
『오르페우스에게 바치는 소네트』는 뮈조성 한 곳에서 1922년
2월 불과 20여 일 만에 마무리된다. 2월 2일에서 5일 사이에
1부 26편의 소네트를 쓰고, 이어 2월 11일 저녁『두이노의
비가』완성을 보고, 다시『오르페우스에게 바치는 소네트』
작업에 돌입하여 2주 만인 2월 23일에 2부 29편의 소네트를
끝낸다. 이 작품은 폭풍과 같이 불어닥친 영감의 결과물이다.

릴케는 1차 대전을 겪은 후유증으로 스위스를 찾아
1921년부터 세상을 뜨기까지 거의 뮈조성에서 혼자 살았다.
시에르의 조용한 자연 풍광은 시인에게 평화와 위안을
제공했다. 산과 바위, 숲으로 둘러싸인 환경 속에 살며
릴케는 매일 주변으로 산책을 나갔다. 때로는 5년 후 자신의
묫자리가 될 라론의 부르크키르헤까지 갔다. 이때 시 속에

철학적 깊이를 더하게 된다.

『오르페우스에게 바치는 소네트』는 1부 26편, 2부 29편 총 55편의 소네트로 이루어진 시집이다. 소네트는 원래 이탈리아의 시 형식이다. 라틴어 동사 "sonare(울리다)", 명사 "sonus(음향, 울림)"에서 온 말로 이탈리아어로는 "sonetto"라고 한다. 음악성을 중시하며 주로 사랑을 노래한다. 독일 바로크 시대에는 "음향시"로 번역됐다. 4행연 두 개와 3행연 두 개로 이루어진 총 14행의 시로, 각 연마다 고유한 압운 형식을 갖고 있다.

작품에는 "베라 오우카마 크노프를 위해/ 묘비명으로 쓰다"라는 헌사가 첫머리에 놓여 있다. 시집 전체가 그녀를 위한 묘비명이라고 릴케는 말한다. 베라 오우카마 크노프(1900~1919)는 열아홉 살의 어린 나이에 요절한 무용수이다. 릴케는 1922년 초에 그녀의 길고 긴 고통스러운 죽음에 대한 자료를 그녀의 어머니로부터 넘겨받았으며, 아름다운 그녀의 이른 죽음을 안타까워하면서 시로 만들어야겠다는 의무감에 사로잡힌다. 그리고 스스로를 그리스 신화의 오르페우스로, 그녀를 에우리디케로 설정한다. 1부의 스물다섯 번째 소네트와 2부의 스물여덟 번째 소네트는 직접 베라를 향하고 있다.

2

릴케는 오르페우스에 대해 일찍이 관심을 가졌다. 이것은 『기도시집』 3부에서 성 프란체스코에게 관심을 보인 것과 같은 맥락이다. 하나는 그리스적, 다른 하나는 기독교적이다. 릴케에게는 이 구분이 전혀 해당되지 않는다. 오르페우스나 그리스도를 그는 같은 선에 놓고 본다. 그에게는 인간 내면 깊은 곳에 자리한 보편적 종교성이 무엇보다 중요하다. 그 끝에는 인간에 대한 관심이 자리 잡고 있다.

오르페우스는 그리스 신화에서 노래로써 만물을 순화한 인물이다. 거친 야수도 그의 노래를 들으면 온순해진다. 그는 뱀에 물려 죽은 신부 에우리디케를 찾아 저승으로 간다. 노래로 지하 세계의 왕 하데스마저 감동케 하여 그녀를 다시 데려올 수 있는 기회를 잡는다. 단, 조건이 붙는다. 햇빛을 볼 때까지는 둘 다 침묵하고 뒤를 돌아보지 않는 것이다. 그러나 그는 지상으로 나오기 직전 뒤를 돌아다보았고 에우리디케를 다시 잃는다.

결국 오이디푸스는 디오니소스의 무희들에게 갈기갈기 찢겨 죽는다. 애인을 잃은 슬픔에 잠겨 자신을 따르는 그들의 기쁨을 망쳐버렸기 때문이다. 그는 찢겨 죽었어도 그의 노래는 끝까지 살아남아 온 세상에 퍼졌다. 바위, 나무에서 여전히 노래한다. 이렇게 해서 오르페우스는 시인의 모범이 된다.

신화에서 유추할 수 있듯이 오르페우스는 삶과 죽음의 이분법적 세계관을 극복한다. 그 극복은 삶에 대한 신뢰에서 온다. 삶과 죽음의 경계를 오가며 슬픔을 맛본 그는 애인을 잊지 못하다 비극적인 죽음 속에서 다시 세상의 노래로 살아나 지금도 자연의 소리 속에 존재를 알리고 있다. 오르페우스의 죽음은 자연 속에 소리를 남기고, 그것은 문학 속에 기록된다. 그의 노래는 작품 속에서 숨 쉬며 독자들의 영혼을 흔든다. 오르페우스적인 것, 그것은 삶과 죽음의 구분을 넘어서는, 인간 초월적인 영원성이다.

3

첫 번째 소네트는 오르페우스의 신화와 긴밀하게 결합되어 있다.

저기 한 그루 나무가 솟아올랐다. 오 순수한 승화여!
오 오르페우스가 노래한다! 오 귓속의 우람한 나무여!
그리고 만물은 침묵했다. 그러나 침묵 속에서도
새로운 시작과 눈짓과 변화가 일어나고 있었다.

고요 속의 짐승들이 동굴과 둥지에서,
맑게 풀려난 숲 밖으로 몰려나왔다;
그들이 그토록 잠잠했던 것은
꾀를 부리거나 불안해서가 아니라,

다만 듣기 위해서였다. 포효, 외침, 울부짖음은
그들의 마음속에선 무의미해 보였다. 거기
이것을 받아들일 오두막 하나 없던 곳,

가장 어두운 욕망으로부터의 피난처,
입구의 기둥들이 흔들리는 그곳에
그대는 그들을 위한 경청의 신전을 세웠다.

첫 소네트 첫 문장은 릴케 문학의 정수를 보여준다. "저기 한 그루 나무가 솟아올랐다." 나무가 솟듯이 이 작품은 1922년 2월에 잎이 돋고 열매를 맺는다. 릴케는 한 편지에서 말한다. "모든 것을 불과 며칠 만에 해냈습니다. 그것은

오르칸 같은 대폭풍이었습니다.” 그가 기른 시의 나무는
드디어 그를 넘어선다. 그의 간섭 없이 생겨난 것이 이
작품이다.

“오 순수한 승화여!”에서 “승화”는 릴케가 자신을 넘어섬을
뜻한다. “순수한”은 ‘완전히’, ‘100퍼센트의’ 의미를 지닌다.
릴케는 1898년 스물세 살에 낸 작은 시집 『강림절』에 다음
같은 시구절을 적고 있다.

> 피어나라, 피어나라, 꽃나무야,
>
> 사랑스러운 정원 한가운데에서.
>
> 피어나라, 피어나라, 꽃나무야,
>
> 내 그리움의 제일 멋진 꿈을
>
> 나는 여기서 기다리련다.

초기 시 “피어나라, 꽃나무야”의 꽃나무가 『오르페우스에게
바치는 소네트』의 “순수한 승화”로 열매를 맺은 것인지도
모른다. 나무가 높이 솟아오르는 것에 경탄하듯, 자신이
솟구쳐 자신을 넘어선 것에 릴케는 시인으로서 자긍심을
느낀다.

오르페우스는 나무 속에 산다. 나무가 노래한다.
오르페우스는 나무를 사랑한 신이다. 오르페우스에게서는
자연의 냄새가 난다. 흙냄새가 나고 비 냄새가 난다.
오르페우스는 몸소 삶과 죽음을 함께한 시인이다.

오르페우스는 피조물에게 노래 듣는 법을 가르친
가신이다. 그는 “경청의 신전을 세웠다”. 경청은 꾀나 속임수가
아니라 상대에 대한 신뢰의 표시다. “그들이 그토록 잠잠했던

것은/ 꾀를 부리거나 불안해서가 아니라,// 다만 듣기
위해서였다." 여기의 "그들"은 맹수들이다. 이들 역시 순수한
승화에 이른다. "순수한 승화"는 『기도시집』의 신 짓기의
완성과 같다. 신 짓기에서 신을 쌓아 올려 거대한 외관의
성당으로 예술이 나타나는 것과 같다. 노래 전에 침묵과
경청이 중요함을 이 소네트는 알려준다.
　"노래는 현존재"라는 인식이 드러나는 세 번째 소네트는
마르틴 하이데거가 자신의 글에 인용하고 해석함으로써
유명해졌다.

신이라면 할 수 있다. 그러나 말해다오, 어떻게
한 사내가 좁은 리라 사이로 신을 따를 수 있을까?
그의 마음은 두 갈래, 두 마음길의
교차로에는 아폴론을 위한 신전은 없다.

그대가 가르쳐주는 노래는 욕망이 아니고,
끝내 다다를 것을 위한 구애도 아니다;
노래는 현존재. 신에게는 쉬운 일.
그러나 우리는 언제나 존재하나? 신은 언제

우리의 존재를 대지와 별들에게로 돌릴까?
젊은이여, 이것이 아니다, 네가 사랑을 한들,
네 목소리가 입을 열어젖혀도, ― 배워라

네가 노래한 것을 잊는 법을. 그것은 사라진다.
진정으로 노래하는 것은 또 다른 숨결.

무를 둘러싼 숨결. 신 속의 바람. 한 줄기 바람.

오르페우스에게 노래와 현존재는 하나다. 오르페우스는 시인의 모범이기 때문이다. 시인의 사명은 이 세상 존재들을 찬미하는 데 있다. 이 소네트에서 가장 두드러진 이미지는 "어떻게/ 한 사내가 좁은 리라 사이로 신을 따를 수 있을까?"라는 구절이다. 여기의 신은 오르페우스다. "좁은 리라"는 음악, 예술의 길의 어려움을 표현한다.

길이 좁다는 것은 어려움을 나타내지만, 동시에 길이 많아 혼동할 염려가 없다는 말이기도 하다. 그 길만 따라가면 된다. 그러나 우리 인간들은 믿음이 없다. "두 마음길"로 갈라져 회의에 사로잡혀 있기 때문이다. "그의 마음은 두 갈래, 두 마음길의/ 교차로에는 아폴론을 위한 신전은 없다." 마음이 분열되지 않아 자신과의 일체감을 형성한 사람만이 아폴론을 위한 신전을 지을 수 있다. 그런 존재가 바로 오르페우스다. 진정한 자아를 성취한 자만이 가능하다. 이것이 "진정으로 노래하는 것"이다.

그때 우리는 진실해진다. "진정으로 노래하는 것은 또 다른 숨결./ 무를 둘러싼 숨결. 신 속의 바람. 한 줄기 바람." "숨결"은 바람의 가장 내밀한 신비로부터 연유하는 창작의 원천이다. 그 자체로 텅 빈 무가 아니라 수많은 가능성의 총체이다. 신이란 모든 것의 근원이다. 텅 빈 것은 가득 참의 전제로서 모든 가능성을 말한다. 모든 것은 하나로 연결되어 있다. 무는 곧 충만이요, 충만은 곧 무이다. "신에게는 쉬운 일"이다.

4

릴케는 시 읽기, 시 쓰기에서 상상력이 얼마나 중요한
역할을 하는지 다음 소네트를 통해 보여준다.

오, 이것은 존재하지 않는 짐승.
그들은 그것을 몰랐지만 어쨌든
── 그의 걸음걸이, 그의 거동, 그의 목,
그의 고요한 눈빛까지도 ── 사랑했다.

존재하지 않았지만, 그들의 사랑으로 순수한
짐승이 되었다. 그들은 늘 공간을 남겨두었다.
그리고 그 비워둔 맑은 공간 속에서
그 짐승은 가볍게 머리를 들었으며

존재할 필요가 거의 없었다. 그들은 곡식 아닌,
존재할 가능성만으로 그 짐승을 길렀다.
이 가능성이 그 짐승에게 엄청난 힘을 주어

이마에 뿔이 하나가 돋게 했다. 뿔 하나.
그 짐승은 한 처녀에게 순백으로 다가왔고 ──
은거울 속에, 그녀의 마음속에 존재했다.

스토리가 확실한 시다. "오, 이것은 존재하지 않는 짐승",
즉 세상에 없는 것을 다룬다. "그들"이 누구인지 언급되지는
않지만, "그들"이 사랑하는 "짐승"이 일각수임은 뒤에 나온다.
일각수는 상상의 동물이다. 이 존재하지 않는 짐승은 마치

실제 존재하는 것처럼 이야기된다.

이 짐승은 그들의 사랑을 먹고 자란다. 그들이 비워둔
마음의 외양간에서 점점 커간다. 외적인 현실에서 실제로
"존재할 필요가 거의 없었다". 일각수의 먹이는 "존재할
가능성"이다. 그 기능성으로 "이마에 뿔이 하나" 돋아났다.
한 처녀에게 순수하게 흰 모습으로 다가와 짐승은 거울을
비춰주는 그녀의 "은거울 속에, 그녀의 마음속에 존재했다".
이렇게 볼 때 "그들"은 숫처녀들이다. 거울은 그 자체로 성찰의
매체다. 성찰은 상상을 포함한다.

릴케는 클뤼니 중세 미술관의 벽걸이 양탄자 '여인과
일각수'에서 이 시의 영감을 받았다. 그는 새로운 언어로
신화 이면의 현실을 보여준다. 이 현실이 가장 진실되다. 이
"순수한/ 짐승"은 릴케의 입장에서는 예술의 다른 이름이다.
보이지 않는 것에서 진실을 보는 것이다.

예수가 부활하여 자신의 존재를 불신하는 자들, 특히
제자 도마를 향해 "보아야만 믿느냐, 보지 않고도 믿는
자가 행복하느니라."(요한복음 20장 29절)라고 한 것과 궤를
같이한다. 시인의 원주에는 "일각수는 중세 때 늘 칭송되던
처녀성의 의미를 오래 지녀왔다."고 적혀 있다. 릴케는 상상과
가능성을 물질적 현실의 바탕으로 생각한다.

5

현실과 상상 사이 경계를 지우고 그 사이에 다리를
놓아 삶과 죽음의 본질을 노래하고 성찰하는 것이
『오르페우스에게 바치는 소네트』의 주요 테마이다. 릴케의
주된 관심사는 삶과 죽음의 공동관계이다. 그는 삶과

죽음이 분리되어 있지 않은 하나의 통일체임을 문학적으로
증명하고자 많은 노력을 기울였다. 다음 과일 소네트가 그
면을 가장 선명하게 드러내 보인다.

> 잘 익은 둥근 사과, 배 그리고 바나나,
> 구스베리… 이것들은 입안으로
> 삶과 죽음을 말한다… 나는 느낀다…
> 이것들을 맛보는 아이의 얼굴에서
>
> 읽어라. 멀리서 온 것이다. 입 안에서
> 말할 수 없이, 느리게 일어나는가?
> 전에 말이 있었던 곳에는 과육에서
> 놀랍게 풀려난 보물이 흐른다.
>
> 말해보라, 너희가 사과라고 부르는 것을.
> 이 단맛, 처음엔 빽빽하지만
> 맛보는 동안 서서히 일어나서는
>
> 맑아지고 깨어 있는 투명한 그 맛,
> 두 가지 뜻을 지닌, 태양과 흙과 이 세상의 맛 —
> 오 체험이여, 느낌이여, 기쁨이여 — , 대단하다!

초반에 여러 과일들이 열거된다. 사과, 배, 바나나, 구스베리,
이 명칭들은 우리 인간이 외관에 따라 붙인 것이다. 그러나
그런 언어보다 더 진실된 언어로 이 과일들은 삶과 죽음을
동시에 말한다. 이미 삶과 죽음을 하나로 여겨 맛으로 자신을

표현하는 과일들이다.

삶과 죽음은 감각의 쾌감 속에 드러난다. 삶의 맛 속에는 죽음의 맛이 함께한다. 모든 사물들은 가장 깊은 내면에서부터 전체를 발한다. 모든 사물은 그 자체로 삶과 죽음을 안에 지니고 있는 것이다. 시에서 과일들은 시인의 "입안으로/ 삶과 죽음을 말한다". 맛으로 말한다. 이 언어를 인간은 모른다.

"이것들을 맛보는 아이의 얼굴에서// 읽어라." 어린아이는 처음 맛보는 과일의 맛을 얼굴 표정으로 가장 잘 표현한다. 마치 먼 데서 들려오는 소리를 듣는 것과 같다. "멀리서 온 것이다." 지리적으로 먼 곳이라기보다는 지하의 세계, 우리가 알 수 없는 곳에서 온 것이라는 뜻이다. 이것은 삶과 죽음이 함께하는 이중의 왕국에서 온 것이다.

입은 말하는 기능과 먹는 기능 두 가지를 수행한다. "전에 말이 있었던 곳에는 과육에서/ 놀랍게 풀려난 보물이 흐른다." 우리는 이 "보물"을 그냥 감지할 뿐이다. 언어로 정확하게 표현하기 힘들다. 시인은 평소 우리가 말하는 사물의 명칭이 얼마나 허구적인가를 도발적으로 표현한다. "말해보라, 너희가 사과라고 부르는 것을."

소네트는 이후 시인이 맛으로 느끼는 사과를 표현하는 것으로 끝까지 이어진다. 맛에서 놀라움을 느낀다. 맛을 보는 과정을 시인은 섬세하게 그려내고 있다. "이 단맛, 처음엔 빽빽하지만/ 맛보는 동안 서서히 일어나서는// 맑아지고 깨어 있는 투명한 그 맛," 빽빽하고 단단하게 느껴지던 사과의 살이 맛보는 동안 의식 속으로 들어온다.

시적 화자는 궁극적으로 존재의 비밀에 다가서게 된다.

태양과 땅의 합작품의 맛이다. 그 느낌을 마지막 행에서 "오 체험이여, 느낌이여, 기쁨이여 ― , 대단하다!"라고 경탄의 음조로 외친다. 이 소네트는 지상의 삶의 기쁨을 노래한다. 삶과 죽음의 맛을 동시에 체험하면서 거기서 전일성을 느낀다. 진정한 기쁨은 삶과 죽음의 맛을 함께 느끼는 데서 온다.

죽음의 세계를 알 때 삶의 진정한 의미를 발견하는 것이다. 다른 한편으로는 이렇게 생각해볼 수도 있다. 우리가 과일을 먹을 때 삶과 죽음의 현상은 동시에 일어난다. 우리는 과일을 먹음으로써 삶의 에너지를 얻지만 과일 입장에서 그것은 죽음이기 때문이다. 또한 과일 속에는 지하의 죽은 자들의 기운이 함께한다.

기쁨 속에서 진정한 성장과 창조가 가능하다고 릴케는 생각한다. 과일을 맛보는 순간 창조가 함께한다. 과일을 맛볼 때마다 새로운 관계를 맺게 되는 것이며, 그때마다 새로운 창조가 이루어진다. 과일이 의식되어 하나의 진정한 현실로 느껴진다. 모든 세계는 체험과 느낌을 통해 기쁨으로 수용되며 릴케는 이에 "대단하다!"고 외친다. 물질에서 정신을 보는 한 방식이다. 사과 한 개 속에는 과거 선조 사과의 수천 년이 숨어 있다는 것을 느낄 때 가능한 말이다.

1부의 열다섯 번째 소네트도 비슷한 내용을 담고 있다.

기다려라… 맛있구나… 하지만 이미 도망친다.
… 약간의 음악에 발 구름, 흥얼거림만 있으면 ―
소녀들아, 따뜻한 소녀들아, 말 없는 소녀들아,
너희들이 맛본 과일의 맛을 춤추어라!

오렌지를 춤추어라. 누가 그것을 잊을 수 있을까,

맛을 춤으로 표현하는 소네트는 표현의 한계를 허무는
역할을 한다. 무용수에게 오렌지를 하나 주고 그것을 맛본 후
춤으로 표현해보라고 한다. 언어의 한계를 넘어서는 발상이다.
또한 이 소네트는 인간의 언어가 얼마나 편견과 한계로 가득
차 있는지 보여준다. 인간의 개별적 언어가 아닌 몸짓을 통해
맛을 더 잘 표현할 수 있다는 언어 초월의 제스처가 담겨
있다.

6

다음은 춤추는 소녀 자체를 묘사한 사물시 소네트다.
릴케가 중기에 연마한 사물시 묘사 방식의 정수를 만날 수
있다.

춤추는 소녀여: 오 그대 모든 사라짐을
춤사위로 옮겨놓다니: 어떻게 그럴 수 있었던가.
그리고 마지막 소용돌이, 춤으로 세운 나무,
그 나무는 휘돌아 간 세월을 온전히 소유하지 않았던가?

그대의 회전이 둘러쌌던 그 나무의 우듬지에
갑자기 고요의 꽃이 피지 않았던가? 그 위엔,
태양이 아니었던가, 여름이 아니었던가, 따뜻함,
그대로부터 나온 무수한 온기 아니었던가?

그 나무는 열매를 맺었다, 열매를, 그대의 황홀의 나무가.

그 나무의 고요한 열매들은 이것 아니었던가: 익으며
줄무늬 지는 물단지, 그리고 더욱 무르익은 꽃병이?

그림들 속에는: 스케치가 남지 않았던가,
그대 눈썹의 어두운 놀림이
잽싸게 자신의 회전의 벽에 휘갈긴 스케치가?

첫 구절부터 강렬하다. "춤추는 소녀여: 오 그대 모든
사라짐을/ 춤사위로 옮겨놓다니: 어떻게 그럴 수 있었던가."
"사라짐"을 영원화하는 것에 춤의 포커스가 놓여 있다. 시인은
소녀의 춤추는 모습을 과일나무에 비유하여 표현한다. 예술의
궁극적 목표가 첫 구절에서 드러난다. 무상성에서 영원성으로
가는 것, 그것이 예술의 소명이다.

춤추는 소녀는 춤사위로 봄, 여름, 가을, 겨울을 모두
표현한다. 이 시를 보면서 우리는 소녀의 동작을 직접적으로
연상할 수 있다. 무용수가 춤 자체로 화하여 춤의 나무가
되어 봄, 여름, 가을을 겪고 끝에 가서는 자신이 만든 춤
그림에 서명한다. "그림들 속에는: 스케치가 남지 않았던가,/
그대 눈썹의 어두운 놀림이/ 잽싸게 자신의 회전의 벽에
휘갈긴 스케치가?" 소녀는 마무리 회전을 하면서 돌아가는
무형의 벽에 눈썹으로 서명을 한다.

1연에서 이미 많은 것이 이야기되고 나머지 연은 이를
재차 강조하는 연역식 구조를 갖추고 있다. "그리고 마지막
소용돌이, 춤으로 세운 나무,/ 그 나무는 휘돌아 간 세월을
온전히 소유하지 않았던가?" 기억을 현재화하는 예술의
본령을 말하고 있다. "휘돌아 간 세월"을 춤으로 되살리는

역할을 무용수가 한다. 이것은 시에서도 마찬가지다. 릴케는 소녀의 춤에 집중하여 춤을 묘사함으로써 사물시적 면모를 보여준다.

소녀의 춤은 한 그루 과일나무로 계절에 따라 꽃 피고, 열매를 맺는다. 2연은 봄과 여름을, 3연은 가을을 각각 표현한다. 2연에서는 꽃 피는 봄과 태양의 열기가 나온다. "황홀의 나무"가 열매를 맺는 것은 3연이다. 이 열매의 모습을 화자는 "줄무늬 지는 물단지", "무르익은 꽃병"으로 정의한다. 무용수가 정확히 어떤 동작을 취하고 있는지 떠올릴 수 있다.

소네트의 각 연이 모두 의문문으로 끝나는 것이 특징이다. 수사적 의문문을 통해 시인은 소녀의 동작을 매번 강조하고 있다. 무용수는 춤 속에서 예술가로서 실존적 변용을 이루어낸다. 그것은 무용수가 혼신의 힘을 다하여 춤 자체로 변용함으로써 가능하다.

7

마지막 소네트를 보자.

멀고 먼 곳의 고요한 친구여, 느껴보라,
너의 숨결이 여전히 공간을 넓히는 것을.
어두운 종루 그 들보 안쪽에서
너 자신을 울려라. 너를 갉아먹는 것이

그 영양분으로 강한 것으로 자라나리라.
언제나 변용 속으로 들어가고 나와라.
너의 가장 쓰린 경험이 무엇이던가?

맛이 쓰다면, 너 자신이 포도주가 되어라.

이 넘침으로 가득 찬 밤에
네 감각의 십자로에서 마법의 힘이 되어라,
네 감각의 신비한 만남의 의미가 되어라.

그리고 이 세상이 너를 잊었다면,
조용한 대지에게 말하라: 나는 졸졸 흐른다.
빠른 물에게 말하라: 나는 존재한다.

이 시에는 "베라의 한 남자 친구에게"라는 원주가 달려 있다. 여기의 남자 친구는 시인 자신이다. 이제 작품을 마무리하는 자리에서 시인이 스스로에게 던지는 말이 시의 내용이다. "너"는 그러므로 시인 릴케다.

첫 구절 "멀고 먼 곳의 고요한 친구여, 느껴보라,/ 너의 숨결이 여전히 공간을 넓히는 것을."은 뮈조성 주변 환경의 분위기를 보여준다. 앞의 큰 바위산과 주변을 둘러싼 포도원, 숲, 나무, 그리고 무엇보다 광활한 하늘, 이 모두를 느껴보고, 숨을 내쉬라고 자신에게 말을 건넨다. 자신의 실존적 변용을 통해 시를 만들어내라고 독려한다.

"어두운 종루 그 들보 안쪽에서/ 너 자신을 울려라. 너를 갉아먹는 것이// 그 영양분으로 강한 것으로 자라나리라." 다가온 죽음의 고통, 그것을 넘어서 영원히 울리는 시를 만들어내는 것이 시인의 사명이다. "언제나 변용 속으로 들어가고 나와라./ 너의 가장 쓰린 경험이 무엇이던가?/ 맛이 쓰다면, 너 자신이 포도주가 되어라." "변용"을 집처럼 여기고

자신의 온몸, 온 정신을 다해 세상을 향한 "포도주"가 되기를
열망한다.

　세상의 모든 사물을 만나 느끼고 그들의 신비로움을
시적으로 변용하리라고 스스로 다짐한다. 그것은 "감각의
신비한 만남"이다. 시인은 이제 오르페우스가 된다.
오르페우스처럼 자연 속에 존재하며 노래한다. "그리고 이
세상이 너를 잊었다면,/ 조용한 대지에게 말하라: 나는 졸졸
흐른다./ 빠른 물에게 말하라: 나는 존재한다." 시인의 이상적
목표는 자연처럼 그 소리로 영원히 말을 건네는 것이다.
시인의 시는 땅속의 물이 되어 영원히 흐르고 그 졸졸대는
소리로 존재를 증명한다.

　『오르페우스에게 바치는 소네트』는 각 소네트가
독립적으로 움직이며 테마를 나르고, 또 유사 테마의
소네트, 이를테면 과일 소네트나 문명 비판 소네트가 한
무리를 이루어 전체 작품을 이끈다. 주인공 오르페우스와
에우리디케-무용수가 등장하고, 이어 릴케의 주요
관심사들이 개별 소네트의 힘을 받아 수레를 끈다. 사랑,
상실, 어린 시절, 추억, 이별, 현대 문명, 바뀐 시대의 시인
역할, 고대 로마의 흔적과 그것의 현재 목소리, 인간이란
무엇인가, 예술을 통한 인간의 구원 등으로 연속된다. 그리고
예술의 영원성을 기리는 말로 끝난다.

　독자는 한 편의 소네트를 독립된 시로 읽어도 무방하다.
소네트는 한 편 속에 한 가지 테마를 잡아 변증법적으로
보여주기 때문이다. 첫 4행연에서 문제를 제기하고 마지막
3행연에서 결론을 내는 철학적 깊이를 갖추고 있다.

릴케는 괴테에 버금갈 만큼 세계적으로 유명하고 널리 읽히지만 그의 시가 쉽지만은 않다. 그렇다고 그 난해성이 아무렇게나 되는대로 써서 나온 것은 아니다. 그의 작품은 이 시집에서처럼 합리적으로 읽을 수 있다. 그의 인기는 여기에 기반한 것이 아닌가 한다. 릴케는 기존의 신화적 전통을 새롭게 자기만의 방식으로, 시적으로 해석하여 내놓는다.

오르페우스의 노래에 현실의 먼지는 날아가고 깨끗하고 맑은 형상이 그 자리에 들어선다. 오르페우스는 이 복잡하고 혼돈한 문명 세계 속에서 소리의 왕국을 새로 짓는다. 소리로 맑게 건설된 예술의 왕국에는 잡티가 없다. 만물은 한 단계씩 업그레이드된다. 릴케는 언어로써 이 왕국을 건설하고자 한다.

나아가 이 작품은 시인의 삶에 대한 이야기다. 릴케가 기독교적 신을 떠나 새로운 신비의 대상으로 삼은 것은 삶이다. 삶의 위대한 비밀을 캐는 것이 그의 평생 과제였다. 그것은 궁극적으로는 '인간이란 무엇인가?'를 캐묻는 작업이자 '우리는 왜 사는가?'라는 깊은 존재론적 탐구다.

릴케가 세상을 뜬 1926년으로부터 100년이 지난 지금,『기도시집』,『두이노의 비가』,『오르페우스에게 바치는 소네트』연작시 3대 대작을 마무리한다. 궁금한 것에 대해 세 작품은 울림과 메아리처럼 답한다. 전기의 『기도시집』이 뿌리가 되며, 후기의 대표작『두이노의 비가』와 『오르페우스에게 바치는 소네트』는 서로를 설명해준다. 『두이노의 비가』가 음조나 테마 면에서 남성적이고 웅장하다면, 순수함과 깨끗함을 노래하는『오르페우스에게 바치는 소네트』는 여성적이며 섬세하고 아름답다.

『기도시집』의 신,『두이노의 비가』의 천사,『오르페우스에게 바치는 소네트』의 오르페우스. 세 존재의 공통점은 무엇일까? 이들은 그리움이자, 영감이자, 시인의 모범이다. 시인이 이 지상을 살아가는 이유를 끝없이 상기하는 존재들이다. 한마디로 창조성의 원천이자 영감의 근원이다.

독일 현지의 릴케 연구계에서는『기도시집』,『두이노의 비가』에 이어 지금은『오르페우스에게 바치는 소네트』가 관심의 중심이다. 그만큼 이 작품에는 릴케의 모든 것이 들어 있다.『오르페우스에게 바치는 소네트』는 시에 대한 순수한 고백이자 시인에 의한 시인 이야기다.

오랫동안 번역을 준비하면서 2000년에 출간했던 번역을 대폭 수정했다. 먼저 작품을 거듭 읽고 여러 해설서를 참고해 번역의 완성도를 높였다. 소네트 고유의 음악성을 우리말로도

느낄 수 있도록 표현에 신경 썼다. 다른 언어의 시적 분위기를
헤아려 되살리는 일이었지만, 독자들이 즐기며 잘 이해할 수
있게 노력했다. 주석에서는 지나치게 학술적인 표현을 피했다.
　릴케가 평생에 걸쳐 몰두했던 가장 큰 테마는 사랑과
죽음이었다. 그의 마지막 대작 『오르페우스에게 바치는
소네트』는 특히 죽음을 숙고하며 삶의 의미를 확장한다. 삶과
죽음을 하나의 지평에 놓고 성찰한 이 작품을 통해 독자들이
그의 숨결을 함께 음미하길 바란다. 인간 존재의 의미를 평생
탐색했던 릴케의 시가 불안의 시대에 훌륭한 치유의 약이
되면 좋겠다.

2026년 3월
김재혁

세계시인선 62   오르페우스에게 바치는 소네트

1판 1쇄 찍음 2026년 4월 10일
1판 1쇄 펴냄 2026년 4월 17일

지은이 라이너 마리아 릴케
옮긴이 김재혁
발행인 박근섭, 박상준
펴낸곳 (주)민음사

출판등록 1966. 5. 19. (제16-490호)
주소   서울시 강남구 도산대로1길 62
          강남출판문화센터 5층 (06027)
대표전화 02-515-2000   팩시밀리 02-515-2007

www.minumsa.com

ⓒ 김재혁, 2026. Printed in Seoul, Korea

ISBN 978-89-374-7562-7 (04800)
      978-89-374-7500-9 (세트)

세계시인선 목록